KB099374

무중력 화요일

무중력 화요일

김재근 시집

창비

차 례

제1부

제2부

제3부

제1부

왼쪽으로 기우는 태양

밤마다 죽은 새의 영혼이 작은 창에 머물다 갔다. 유리창에 남긴 입김은 지울수록 선명하고 태양이 오를 때까지 걸어야겠군. 가축의 손을 잡고 짐승의 눈빛으로.

불빛에 밤이 희석되었군. 멀지 않은 곳에서 인디언들은 천막을 치고, 푸른 연기가 피어올랐다. 밤공기에 맞춰 뺨을 부비는 건 그들만의 언어였고 연기는 몹시 매웠다. *비탈에 타오르는 구름과 바람의 연대기*

물갈퀴를 달고 달리는 사람은 외롭다. 가축의 눈을 들여다보면 전생을 건너온 물결이 찰랑인다. 내 팔은 오래전 무엇이었을까. 가려워 팔을 흔들면 겨드랑이에서 쏟아지는 종이비행기.

밤하늘은 음악들로 반짝인다. 바람의 습기는 낮고 흐리게 흔들려 우린 지하로만 달리는 기차 레일 소리에 맞춰 잠들지. 차창마다 벌레의 울음을 싣고 신전의 문을 두드리지.

너희는 벌레로 왔으니
두꺼운 얼굴과 수염이 필요하겠군
입을 벌려 너희는 나의 말을 받아먹어라

아름다운 멜로디에서 한 키 더 올리면 수면 아래가 보였다. 나의 Y염색체는 친절해요. 당신의 목소리와 미소는 나의 염색체에서 훔쳐온 거예요. 당신의 눈은 푸른 물속, 아침을 지나 오후로 더 낮은 오후로 양떼를 몰고 가는 중이지만

내 혈액의 수위는 늘 차고 어두운 음역. 물속, 검은 피아노를 두드리는 곳. 풍향계가 멈춘 곳에서 왼쪽으로 기우는 태양을 본다. 그림자의 손을 잡고.

아쟁을 타고 가는 나타샤

나타샤를 태우고 나의 태양은 어디까지 흘러갔을까
요람은 이미 뜨거워 타오르는데
뒤척일 때마다 거꾸로 매달린 사람이 후생으로 뛰어내려

눈을 가리고
죽은 새의 언어를 모두 이해할 때
내게 전생은 물속 같아
그림자 같아
식은 입술 같아
누구도 만질 수 없는데

수면 위를 걷는 그림자가
물 밑에 두고 온
자신의 울음소리 같아
입을 벌리면 검은 밤이 쏟아져

이런 밤이 저절로 떠가고
고양이가 날아가고

접시가 날아가고
행성이 저물고
오늘밤,
언니들은 울어야만 해

비눗방울이 아름다워
눈동자에 피어나는 장미 넝쿨,
컴컴한 장미의 눈 속으로 기차는 달려오고
차창에 바비 인형이 흔들리는 목을 내밀고
다음 생은 비극으로 물들기를 꿈꾸지

아직 태어나지 않은 나의 요람도
깜깜한 밤으로
푸른 연기의 바깥을 미행하지

향 하나를 피우면 전생이 돌아오고
밤의 검은 창문 너머
활을 켜며

아이들이 하나씩 별을 건너갈 때
시간을 가두었던 울음이 마저 풀리지
바람은 색을 바꾸고 입술을 찾아오지

언니의 희고 긴 다리가 그립지만
오늘밤엔 아쟁을 타고 심해로 심해로, 입술은 휘파람 불며 말라가

물로 빚은 우주
우포

늪

눈동자에 얼음이 낀다

머리를 풀고

죽은 새에게 저녁의 안부를 묻는다

울음이 아름다워

물의 행로를 따라 지구 저편이 물들고

자신이 한 말은 돌아와

제방을 떠도는 바람이 된다

입술이 휘도록 휘파람 불고

물속에서 물을 베고

아이들은 불을 먹는다

외계의 시간

태어나지 말아야 할 밤이 연속으로 온다

그림자에 대해 지금은 할 말이 없다

행성이 반짝이는 건 물속에 자신의
그림자를 숨기기 위한 것
늪에 스며든 그림자는 외계였다가
짐승의 젖은 발굽 소리였다가
물 위에 흐르는
검은 해파리의 울음이기도 하다
영원히 완성되지 않는 예감 하나
아무도 모르게 조용히
눈동자는 울음을 번식시킨다

물로 빚은 우주
발이 닿지 않는 세계
음성만이 연주되는 세계
죽은 요정의 세계
보이지 않는 눈동자의 세계
검은 문장의 세계
울음이 떠도는 세계
결별을 위해 우거지는

아름다운 손목의 세계

예감 하나
바람이 사나운 건
물속에 오래 누운 사람의 눈동자에 고인
울음을 꺼내기 위한 것

잠수복을 입고 잠든다

언 눈동자에 바람의 유언이 기록된다

아홉 나무를 위한 진혼곡

하늘을 오려 창을 내야겠군

별이 쏟아져 지구 한 귀퉁이가 부서져 내리겠지만

그건 오래전 붉은 눈의 기록

당신의 입술은 뫼비우스의 띠처럼 생겼군
나는 매일매일 물결처럼 걸어가 당신의 저녁을 지우고
눈꺼풀을 녹인다

무늬가 잠든 우주
알파와 오메가
바람이 실족한 벼랑
안테나가 된 나무
푸른 연기가 떠도는 저녁
눈 속을 부유하는
마른공기를 위해

불을 피워 제사를 지내야겠군
흔들리는 물의 이마 위에 양들을 올려놓고
검은 풍향계가 멈춘 곳
입술의 수위를 채우는 비명들을 위해

열기구를 타고 둥 둥 둥 우주를 떠돈다
영원히 발이 닿지 않는 세계, 내 영혼도 이렇게 태양 주위를 헤매다
식어버릴 것만 같은 생각

밤이 되자, 우주로 이주한 새의 깃털은 별을 물고
물속으로 날아갔다 비행선을 기다리는 나의 정거장, 다락방에 숨겨둔 야광별에서 푸른 연기가 피어올랐다

귓속에서 삐걱대는 파도 소리,
누군가 보트를 타고 표류 중이다
내 영혼의 뜨거운 절벽에 누가 닻을 내리려는지
밤마다 침대는 출렁이며 우주로

잠든 양들의 귓속말

밤에는 눈이 멀어
눈먼 양들을 데리고
눈보라 속으로 여행 간다

어제는 강가에서 잠을 자고
양들은 내게 기대고
나는 양털에 귀를 묻고
눈보라 내리는 강물 속으로
잠든 귀는 눈동자가 하얀
물고기 울음을 듣고 있었지

양들은 백년 전부터 울었고
나는 백년 후에 죽었는데
눈보라는 왜 이제 내리는 걸까
눈보라는 왜 흐리게 돌아오는 걸까
눈보라가 백년 전의 말을 한다
귀는 넓어지고
눈동자엔 얼음이 이제 끼는데

술래잡기하듯
먼저 내리는 눈보라

오늘밤엔 강가에서 잠을 자고
잠든 양의 무릎을 베고
백년 동안 내리는
눈보라를 보며
밤이 녹는 소리를 듣고 있었지

귀는 맑아져
백년 전의 양들과
백년 후의 내가 만나고
양들과 내가 강물에 가라앉아
반짝이는 물속에서
나와 양들의 귀는
백년 동안 울던 귀를 열고
귀 안의 울음을 캐고 있었지

귀가 더 깊어지기 전
귀가 더 넓어지기 전

귓불에 닿는 눈보라
귓불에 닿는 눈보라

눈보라 닿는 귓불의 무늬를 주워
하늘로 올려 보냈지
감은 눈이 하얗고 나의 목소리는
양의 목소리 같아
서로를 알아볼 수 없을 때
백년 후와 백년 전이 함께 돌아오고
나는 양들의 손등을 핥고
양들은 나를 끌어
눈보라 내리는 강가로 나가
물을 먹여줬지

물속을 두드리면

양들은 웅애웅애 울고
우는 양들을 헤아려보는
나의 귀는 백년 전에 떠났던
울음이 불쌍했지만 귀를 잠그고
백년 후에 도착하는
울음을 기다렸지

양들과
나의 귀가 겹치는 곳,
몸을 구부린 채
얼굴을 다 숨길 수 있는
귓속말처럼

세개의 방

트윈스

쌍둥이로 태어나길 잘했어. 나는 어선을 타고 바다로 나갔고 도시 뒤편 술집에 앉아 어린 여자를 만났지. 나는 나에게도 거짓말하면서 즐거웠고 아무도 속지 않아 더 즐거웠다.

구름

흔들리는 치아 때문에 나무가 흔들렸다.

여동생의 송곳니는 높이높이 올라가서 내려오지 않았다.

음악가

궂은 가을 날씨가 음습합니다. 누군가 툭, 치면 바스락 부서질 것 같습니다. 아니면, 날개를 떼어낸 새였는지도. 마른 모래를 뿌리면 금세 젖을 듯합니다. 맹인견을 따라 맹인이 차도를 건넙니다. 눈먼 개의 앞은 누가 안내할까요. 코트깃에 바람을 잔뜩 담으면 밤바다는 파편처럼 시끄럽습니다. 부유하는 방파제 이편과 저편의 이야기가 부두에 정박중입니다. 눈알을 찔러 눈물을 맛봅니다. 밤이 깊습니다. 삐

걱거리는 폐각(蛙殼)의 울음소리 들립니다. 이 방을 나서면 나는 사라집니다. 내 방에 흘린 파도 소리를 기억해주십시오. 나의 다음 생은 바람이거나 혹은 흔들리는 음악입니다.

월광 탱고

죽은 자 가운데 사흘 만에 일어날 수도

세번 안에 끝내기로 한다. 더 추워지기 전. 비어가는 눈알을 꺼내 세번 흔든 후 다시 넣어둔다. 풍경이 흐리다. 눈알에 끼인 사람들.

지전(紙錢)을 태우는 연기는 맵다. 이것은 산 자가 죽은 자에게 날리는 마지막 악보. 바람에 눈동자를 누일 때 안식은 온다. 나는 물속을 걸어 또 하나의 젖은 그림자를 꺼내 눈 속에 숨긴다.

휘파람 소리는 붉다. 멀리서 자신의 죽은 이름을 부르는 목소리. 내가 태운 지전이 액운을 다 막지는 못했지만 오늘은 작두를 탄다.

저녁은 물 냄새처럼 다가오고 양초를 든 손이 서서히 녹는다.

버림받은 자는 집시의 영혼을 가진 자
당신은 시(詩)라는 음서(淫書)를 눈동자에 번식시켰군.

나는 유배된 영혼을 찾아 물속 겨울을 여행 중이다.
눈동자가 내게 물속이라는 생각. 더 깊이 가라앉기 위해
다리에 돌을 매달고 잠든다.

자신의 명부로 만든 악보는 죽어서 연주된다.

눈을 뜨면 낯선 곳에서 늙은 무녀가 자신의 명부를 들여다본다. 나는 그녀의 입술과 이야기해야 하는데 그녀의 첫 번째 애인이 되어야 하는데 그녀의 손가락을 만지며 사랑한다고 말해야 하는데 징소리는 시끄러워 들리지 않고 그녀는 귀신만 보는데 내가 보일는지. 그녀의 죽은 머리카락을 감기는 손가락 사이가 점점 어두워 내 입술은 그녀의 사라진 눈동자를 찾아 검은 우주를 떠돌고

풀벌레 울음소리 들린다. 반짝이는 밤의 영혼들. 달 위를 걷는 집시. 탱고처럼 사분의 이 박자로 흔들리기로 한다.

질소를 넣은 풍선

너무 오래 앓니를 갈았어. 입안에 푸른 연기를 넣어주며 치과 선생님은 사랑한다고 했다. 사랑이 입안에서 시작되었으니 충치가 생길 수밖에.

너의 염소와 같이 밤기차에 태워줄게. 덜컹대는 기차에서 생쌀을 오물거리는 할머니, 머리에 눈이 왔고 기차는 꼬리가 길어 슬퍼 보였다.

바람이 몹시 불었고 풍경들의 계절이 지나갔다.

풍향계가 멈춘 곳. 비탈에만 구름이 모였다. 아이들은 구름과 가까워질수록 멀미를 했고, 구름을 다 토할 때까지 아이의 등을 세차게 두들겼다.

얘들아, 저녁이 되었으니 신발을 말리렴.

물을 딛고 선 아이들이 서서히 얇아져갔다. 캡슐 속 진통제, 흔들리는 잇몸처럼. 원래 그랬던 것처럼 물속에서 아가

미는 물을 삼켰다 뱉었다.

나침반을 따라 저녁이 온다. 아이들 눈에 물 냄새가 자라고 식빵에 피는 푸른곰팡이들의 저녁. 바다에서 입을 헹구면 새로운 사랑이 온다는데.

나는 일기장에 염소의 눈은 작고 뿔은 발기돼 있었다고 적었다. 내일은 충치가 생기고 치과 선생님과 다정히 피 맛을 함께 볼 수도.

핼,러윈의 유령들

줄을 서서 사탕을 받으렴. 우리는 날아다니며 문을 두드렸지. *속이거나 대접하거나** 사탕을 주세요.

아이들은 묘지 위 붉은 잔디를 건너오고 살아 있는 밤과 어두운 저녁의 검은 아코디언. 주머니 속 색색의 사탕은 얌전하고 달콤하게 썩어가지.

채찍으로 달빛을 때려주세요. 우리는 바람을 타고 마을을 벗어나기로 했어요. 어머니, 나를 잊으세요. 엄마가 낳은 목 없는 인형을 위해, '성부와 성자와 성신'의 이름으로 꿈꾸는 요정들의 비명을 위해. 밤은 물 위를 걷고 검은 망또를 두른 성녀(聖女)들은 승천하려, 박쥐처럼 매달려, 우리의 구원은 현기증이 났어요.

복종하리라
불가사의한 태양과
도마뱀의 저녁
잘린 꼬리를 위해

젊은 엄마의 입술은 뜨거워지고

참회하리라
10월 정원에 묻힌 장미들을 위해
교회 종탑에 걸린 울음은
산 자와 죽은 자를 위한 서곡(序曲)
자줏빛 영혼의 말라가는
피 맛을 위해

성문은 닫혀 있고 넝쿨 담장을 넘었어요. 성안에서 아주 처음으로 우리는 노래했고 불과 연기는 하늘을 밝혔어요. 우리의 가슴은 산 자처럼 두근거렸고 여러분과 헤어지기 싫었어요. 우리의 발은 둥 둥 둥 허공을 떠다녔어요.

* trick or treat.

별의 우화(寓話)

눈을 감고 뛰어내리기 좋은 날씨, 참새의 젖은 날개와 한 장의 꽃잎은 벗어두고 날아가기로 해. 바람 불고 흔들리는 물속 나라, 까무룩 까무룩 울음이 잠드는 나라.

난쟁이는 더 작아지고 공주는 금발이기에 어울리지 않지만 일어나세요. 새로 태어난 장미의 표정이 반짝이는 가을별을 닮았어요.

물고기자리에 앉아 젖은 휘파람 불며 오로라 오로라, 나의 입술은 찬 바람 부는 우주로 날아가요. 종이배를 타고 물속으로 날아가는 나의 장미, 어느 담장 행성에 피었을까. 여린 잎의 눈동자는 금세 출렁이는 별자리가 되고

초록 행성에 쏟아지는 가시 장미. 별똥별을 보면 아기가 생긴다는데, 믿을 수 없지만, 오래전 유리병에 숨겨둔 그림책을 꺼내 읽어주기로 한다.

화요일의 눈보라

동화의 나라에 눈이 오고
매일매일 웨딩드레스 입고
눈보라에 파묻히기로 해
화요일의 눈 속으로
눈송이 쏟아지는
눈보라의 시간

눈 속의 눈
눈 속의 눈

어디서 올까요?
슬리퍼 위 슬리퍼
눈보라 위 눈보라 끌며
눈보라의 시간으로
당신의 시간
아는 시간

내가 아는 눈보라

눈보라의 표정은 길고 느리지
당신이 화요일을 사랑해
월요일 떨어진다면
창문은 깊어지고
입술이 한없이 가벼워
내가 떠오를 텐데
눈보라의 표정으로
조금씩 머리카락이 자랄 텐데
종소리를 타고
입안으로 흘러오는 눈보라
내가 아는 눈보라

눈보라의 속도는 눈보라만이 알지
당신의 비밀은 화장술이지만
지금 내리는 눈은 잠들지 못해
달리는 눈보라
달리는 눈보라
발목은 더욱 깊어지지

고요해지는 거울 속 눈보라
고요해지는 화요일
눈보라 안 눈보라
소리가 잠드는

지금 내리는 눈보라
어쩌면 아직 태어나지 않은
하늘을 걸어
지금 내리는 눈보라
내가 아는 눈보라
입안의 눈보라

소리가 일어나기 전 입술은 감추기로 해

염소와 고양이를 위한 컬러테라피

1

색(色)이 돈다

바람개비가 돌고 염소가 달려간다

빨간 팬티를 입은 염소, 고양이는 검은색

꽃밭으로 오세요 다시 꽃밭으로,

반짝이는 염소 뿔

숲에서 초록이 흔들리는 건 아직 색을 기억하는 것,

원근이 사라지고

검은색이 지나고 그림자가 화들짝 놀란다

벽에 걸린,

고양이가 울고 염소는 힘이 세다

2

흰색이 붉어지는 저녁

지상의 색들이 날아오른다

저녁의 시간이란 검게 휘어지는 서로의 입속을 들여다보는 시간, 같은 휘파람 불며 같은 침대를 채색하지 이때의 혈액은 탱고 혹은 룸바 입술을 흔들지

색과 향은 염소와 고양이 같아, 근친 같아
검은색이 달려가고 파란색은 두근거린다

정글짐에 아이가 끼여 있을 때
나는 새하얀 솜사탕이 생각나 울 뻔했지

아이는 엄마가 없고
엄마의 엄마도 없지만
색을 섞으면 언제나 검은 아이

3
고양이를 지우기 위해

어제의 비가 오고

지금 펑펑 내리는 눈보라 속에

떠오르는,

염소의 색이 부드러워

고양이가 울고

꽃밭에 심어둔 색이 풀리고

바람개비가 돌고

눈동자는 실종되지

무중력 화요일

바닥이 없는 화요일
슬로우 슬로우
자신의 음성이 사라지는 걸 본다
발이 가는 식물의 잠, 초록의 잠 속처럼
희미해지는 손목
깁스를 한 채,
언제 일어나야 할까

창문에 닿는 겨울 음성들의 결빙
맑아지는 링거의 고요
혈액이 부족한 걸까
그렇게 화요일이 왔다

*

화요일을 이해한다는 건 뭐지
화요일은 무얼 할까

일주일이 세번 오고
화요일이 두번 오고

화요일에만 피어나는 장미와
화요일에만 죽는 장미의 눈빛
밤하늘에 뿌려놓을까

가시에 긁힌 잠 속으로
되돌아오는 화요일
이해해도 될까

*

시시해지는 화요일

화요일의 날개
화요일의 입술
화요일의 같은 숫자

화요일의 손목

회전목마처럼 화요일이 돌아와도
화요일인지 아무도 모르겠지만

*

눈알을 씻는다

느린 얼굴로 떠오르는

화요일의 물속

너도 나처럼 죽은 거니……

나비

내가 본 게 본 게 아닌데, 왜 너는 눈 속에서 자라는 걸까

뒤에도 눈을 그려줄까
굴러가기 쉽도록

시간이 이제 도착했는데
너는 어떤 모양으로 출발했을까

어떤 무늬를 가져볼까
눈물은 뒤에서만 보이는데
눈을 감아볼까 너만 보이게
무엇이었을까 뒤의 눈물은
언제 흘릴까

뒤는
뒤를 위해
뒤에 숨어야 하는데
경계심은 왜 뒤에서만 생기는 걸까
뒤만 보면 왜 눈알이 아픈지

뒤는 차가워
더 뒤의 표정으로
더 뒤의 얼굴을 메워야 하는데
뒤를 내주면
뒤가 허전할까봐
뒤가 멀어질까봐
뒤가 달아날까봐
뒤는 더 뒤로
뒤를 만지게 되는데

뒤가 늦을까봐
조심조심 더 뒤로
뒤를 옮겨놓으면
뒤는 멈춰질까

뒤에도 눈을 그려줄까
뒤를 잃지 않도록
뒤를 뒤적이며

뒤를 걱정하며

매일매일

뒤에 너를

네개의 야상곡

별리(別離)

네 눈이 무거워 보여

어디만큼 왔니
목덜미가 축축해

어린 신부는 밤마다
눈 속 마을을 다녀가고

오늘밤은 질투가 나
바람만큼 보이지 않아

검은 시를 써
문장에 부는 바람이 되어줄래?

화실

붉은 장미와 흰 장미를 교배한다
박제된 바다가 출렁거려요

그림 속, 연필을 따라
새로 태어난
장미의 손톱이 반짝이는군
더이상 설교는 마세요
덧칠할수록
나는 점점 두꺼워지고
문을 열어주세요
나의 장미가 뛰쳐나오려 해

에스키모

모든 것은 날것으로
오늘은 늑대고기를 먹는다
잿빛 위에 부는 검은 바람
피 맛을 잊기 위해
밤마다, 이글루 이글루
거꾸로 외우기 시작한다

차챠스*

물 위가 어둡다
차르르 차르르—

슬픈 잉카의 발굽

지금도
물 위를 떠다니는

차르르 차르르—

* 라마 발톱으로 만든 타악기.

국경에서 온 복화술사

귀를 들여다보면 물 냄새가 났다. 귀는 멀어 들리지 않지만 들을 수도 없지만 인형을 안고 바다로 가는 버스를 기다렸다. 햇볕은 뜨거웠고 정류장에 핀 코스모스처럼 서로의 살갗을 태우다 잠이 들어도 괜찮다는 생각. 먼 데서 파도 소리가 들려왔지만 여백이라 여겼다.

기와지붕의 색들이 바뀔 때쯤 느린 바람이 불어왔고 좀 더 느려지기 위해 바람은 눈알을 바꾸었다. 남아 있는 게 붉은 눈알뿐이군. 사기 구슬 같았지만 잠에서 깨지 않으려 인형의 눈 속으로 얼굴을 숨겼다. 이따금 새들이 머리 위를 날아다녔고 우리는 우리를 보다가 정신이 이상해졌다.

휘파람을 불수록 같은 벼랑이군. 휘파람 소리는 처음 본 안개처럼 희미한 얼굴로 우리를 기억했다. 입술에서 떠난 음들은 어느 국경에 닿을까. 혀를 더듬으며 우리가 기다린 건 그일까, 그의 시간일까. 이상한 맛을 한 바람이 불었다.

해를 따라 새들이 돌고 새를 따라 해가 지는 타인의 계절,

수면이 흘린 구름을 본다. 금이 간 물속 거울, 눈먼 새들의 울음이 거울 면에 떠오르고 계절은 컴컴하게 불어왔다.

머리 위에 뜬 햇무리가 죽은 자의 목소리의 변주라면 그는 오래전부터 우리를 부르고 있었던 건 아닐까. 지구 반대편 저녁에서 그를 기다렸고, 같은 보폭으로 우리는 같이 걷고 있었던 건 아닐까. 그를 기다릴수록 기다리는 시간은 늘어났다. 그는 오지 않았지만 그는 시간을 따라 오고 있었다.

비늘처럼 수면을 긁는 입술의 음률. 타오르는 지상의 소리 없는 보폭으로 피를 뿌린다면 그림자는 어떤 색을 가질까.

눈 속 가득 채워지는 여백. 눈 뒤편, 또다른 눈동자가 잠들 때까지, 긴 머리카락 끌며 입술 없는 입술은,

금요일의 우화(羽化)

오랫동안 꿈을 그리는 사람은 마침내 그 꿈을 닮아간다.
—앙드레 말로

금요일엔 나비가 되기로 해
작고 가벼워 보일 듯 말 듯 치마를 입고
오늘밤을 완성해

별빛이 흔들려
한없이 날개는 자라고
사랑하는 이여,
우리의 초원, 손가락 사이로 부드러운
물살을 흘려줄게

종이배를 타고
하늘에 그물을 내릴 때
내가 그린 금요일의 물소리는 시원하고
날개는 반짝이지

당신의 눈 속 마을을 보여줘
눈을 감아봐, 우리는 닮지 않았지만

결국 같은 주문을 외우지

주술사의 입속에서
금요일의 날개가 퍼덕일 때
그림자는 깨어나지

바람의 연주가

목소리를 잃고 바람 소리만 들렸다
바람의 영역이었고
곁을 떠난 소리는 우주를 떠돌았다
아무도 듣지 못한 자신의 목소리가 그리울 때
그는 입술이 휘도록 바람을 불어넣었다
점점 바람이 되어 흩날렸고
누구도 그를 볼 수가 없었다
그는 바람의 목소리를 가질 수 있었다

제2부

13일

그리고 암흑이 왔다

눈을 잃고 눈동자를 찾는 여기는 눈먼 사람의 눈 속인지 눈동자가 숨긴 환영 속인지 캄캄해, 매일 같은 꿈을 꾸는 사람은 눈동자가 없는 사람, 없는 눈알은 밤이 되면 밝아져 울기만 하고 자신의 눈동자를 찾아다니지, 눈을 떠도 그림자의 하얀 눈 속이라면 눈을 잃은 지 오래, 누군가 자신의 눈에 눈먼 눈동자를 몰래 밀어넣은 거지, 눈 속을 흐르는 가야금을 타고, 그림자가 흘린 피를 마시면, 아무도 보이지 않는 밤 눈동자에 몰래 들어가 문장으로 녹을 수 있다는데, 눈 속을 걸어다니는 눈먼 눈동자를 보여줄까, 창문에 널어놓은 눈들이 깜박이고 어제는 오늘의 이야기를 들려줄게, 달이 없는 밤 늑대들은 서로의 이름을 부르며 울지, 사람이 되지 못해 우는 게 아니라 서로를 볼 수 없어 우는 거지, 눈 속에서 눈동자를 잃은 거지, 눈동자가 숨긴 눈을 찾아 오늘 밤 서로의 눈동자를 꺼내 먹네

아리아리 아라리

아리아리 고개 넘어가 해는 저물고 비는 부슬부슬 내리는데 아리아리 인형공장 불은 꺼졌어 아리아리 어린 여공들이 강물 속으로 실밥을 풀고 실밥들이 떠다니는 비 오는 강가에 아리아리 꽃들이 피어 있어 손을 내밀면 입술을 벌리고 저무는 꽃들 아리아리 고개 넘어가 오랫동안 비를 맞은 꽃들은 눈알이 뜨거워 내가 보이지도 않는데 아리아리 비에 젖은 실밥을 주워 먹으면 눈병이 낫는다는데 입안에 실밥을 채워주며 아리아리 사랑한다고 했어 아리아리 고개 넘어가 저무는 꽃을 들고 아리아리 고개 넘어가 십리는 가겠어

아리아리 고개 넘어가 한움큼 버스 토큰을 집어주던 나의 아리아리 안내양 어디 갔는지 주머니에서 덜거덕거리며 아직 그를 그리워하는데 버스 뒷문에 매달려 노래하는 아리아리 시집은 잘 갔는지 고등학생인 내가 생각은 나는지 아리아리 고개 넘어가 비 오는 아리아리 내가 벗어둔 신발에 빗물이 차올라 젖은 운동장에 서서 아리아리 비가 오는 걸 보네 아리아리 교실엔 들어가지 못하고 내가 깬 유리창

은 저절로 붙여지지 않아 아리아리 우리 엄마 학교 와야 되는데 엄마의 인형공장은 불이 꺼졌고 아리아리 착한 동생의 손을 잡고 집에 가야 되는데 교문 앞에서 사온 병아리가 어서 커야 하는데 아리아리 아리아리 아라리 고개 넘어가 잘도 넘어가

아리아리 아라리 물속을 두드리면 엄마가 울고 아리아리 우리집이 출렁거려 아리아리 바람 불고 깨진 수족관 동생의 울음이 밤바다에 반짝이는데 아빠는 소주병 속에 사네 아리아리 아라리 나는 떠오르기 싫어 물속 어두운 곳에서 동생을 업고 아리아리 미역처럼 흔들리며 엄마를 기다리네 아리아리 고개 넘어가 문짝이 덜컹거리네 날 잡으러 오네 오늘밤은 머리카락이 휘어져 잠들지 않고 눈을 뜨고 죽은 물고기 얼굴이 생각나네 아리아리 아라리 우리집이 흔들리네 파도 소리에 우리집이 흔들흔들 배가 되어 떠나가네 아리아리 아라리 어서어서 저무는 저녁 바다 우리 집이 떠나가네 아리아리 아라리 잘도 넘어가

아리아리 아라리 시계추는 멈추고 제트기는 사라지네 갈라진 구름 너머 아리아리 길바닥에 나는 버려지고 아리아리 아라리 엄마는 기차 타고 서울로 가네 덜컹대는 기차 꼬리가 아리아리 슬퍼 나는 달려가다 달려가다 넘어지고 녹슨 철길 바람 곁에 앉아 아리아리 아라리 양떼를 몰고 사라지는 구름을 보네 아리아리 나는 피곤해 금방 잠이 들고 아리아리 꿈속에 나비가 날아오네 엄마를 닮은 나비가 날아오네 아리아리 아라리 내 눈이 출렁이네 내 눈이 컴컴한 동굴이 되네 내 눈이 우물이 되어 출렁거리네 아리아리 아라리 눈을 감고 아리아리 아라리 고개 넘어가 잘도 넘어가

우리는 가발처럼

가발을 쓰고 꼬리가 긴 기차를 탄다. 흔들리는 창가, 밤을 통과한 날벌레들의 캄캄한 눈동자를 보며 가발처럼 우리는 웃었지.

기차표에 그린 잠자리 한마리 차창 밖으로 날아가고
더 멀리서 파도 소리가 더 멀리서 몸을 떠나는 물결

이제 눈을 떠야 해
기포가 잠든 수면이 너의 집이니까

잠들 무렵까지 해가 뜨는 바다가 있다고 우리는 말하고 웃었지. 머지않아 너의 발등에 닿을 섬세한 밀물의 문양과 입술에 닿는 영혼들의 젖은 물결에 대해 나는 말했지. 파도 소리에 우리는 모래밭에 귀를 묻고 소리 없는 울음을 눈동자에 쓸어 담았지.

당신이 잠든 얼굴에 화염이 내려옵니다. 당신과 내가 살던 마을의 작은 불빛들이 백년 전에도 있었던 거라 믿고 싶습니다. 백년 후 내가 백년 전 이 밤에 죽어 있다 해도 당신은 백년 지나 슬퍼하겠지만, 지금 내리는 이 화염은 백년 전에 출발해 지금 도착한 당신 눈동자에 내리는 오랜 불입니다. 백년 전 내가 심어둔 장미 넝쿨이 백년 후 당신 눈동자에 피어납니다. 백년 동안 나는 당신 눈동자에 장미들을 키우고 있습니다. 눈동자에 핀 장미의 정원, 나는 당신 눈동자의 주인입니다.

도착한 바다에서 태양이 잠드는 걸 본다. 우리는 말 없는 나나 인형처럼 서로의 바다로,

Endless Rain

산발한 미루나무가 춤추는 횡단보도
얼굴과 얼굴이 마주쳐요
비에 젖은 눈알들은 기우뚱하거나 무거워 보여요

비바람에 얼굴들이 날아가요
나는 엄마의 얼굴을 가방에 구겨넣고 바다로 가는 버스를 기다리죠
사람들은 참새처럼 짹짹 떨고 엄마는 잔소리꾼

얘야,

지퍼 좀 잠가라 비에 젖은 날 누가 사겠니

젖은 머리카락 휘어지는 해변에서 물살은 자라나고 나는 부표처럼 출렁이며 떠 있어요

서로의 혀를 물고 해변의 연인들은 다정히 비를 맞아요
설탕물처럼 얼굴이 다 녹아 서로의 얼굴을 알아볼 수 없

을 때 엄마의 검은 얼굴도 몰래 바다에 버렸어요

바다로 떨어지는 비는 영영 가라앉질 않아요 부옇게 떠다니는 끝없는 혼령 같아요

끝없는

비,
비,
비,

블록 15
아우슈비츠 수용소 음악가 구역

손가락은 어디에 두어야 할까
눈을 뜬 채 눈을 잃은 건 아닐까
눈 속, 바람이 우는데
팔목에 새겨진 수인번호
믿을 수 없는데
곁을 떠난 건 무엇일까
수증기처럼 일렁이는

우리 말고 뭔가가 있는 것 같아요
그렇군, 그들도 같은 눈빛이야
이 방에 뿌려진 이 연주가 마지막이에요 그들도 곧 사라지겠죠
여기는 죽음으로 완성될 거야
앵콜은 아무도 하지 않을 거예요 들을 사람이 없잖아요

발소리도 사라질까요
벽에서 벽으로 흐르는 음
음을 잊어야 눈동자는 깨어나는데

그림자처럼 그들은 같은데
잠들지 않아야 하는데
첼로 속에 부는 바람처럼,
저음으로 당신의 처음을 기억하겠어요

우리는 맨발이고
맨발로 다녀도 괜찮은 여기가
당신의 잠 속이라면
그림자는 지워도 될까,
눈 속 눈동자 건져와도 될까,
물속 우물처럼 소리가 나지 않겠지만
곧 잠잠해지겠지만

여기도 잠 속,
서성이는 맨발이라면
당신의 눈동자를 연주할 텐데
눈 속에 흐르는 음을 천천히
오려낼 수도 있을 텐데

빨강에게 쓴 편지

오르한, 빈방에서 귀뚜라미 울음을 듣고 있다네. 귀뚜라미 울음이라도 없으면 더욱 싸늘하겠지. 가을이 떠나며 풀들을 쓰러뜨려놓았네. 누렇게 변색된 얼굴은 서서 말라 죽은 거나 마찬가지라네. 오르한, 그날 모임에서 난 실수를 했네. 코트 주머니에 남은 빵을 몰래 싸오다가 주머니가 터진 걸 미처 몰랐네. 테이블 아래로 빵은 떼굴떼굴 구르다 숨어버리고 난 머리를 숙여 빵을 찾다 자네와 눈이 마주쳤지. 자네는 웃었지만 자네의 구두는 반짝이며 날 경멸하고 있었어. 아마 나의 낡은 손이라도 짓밟고 싶었겠지. 난 굶고 있는 나의 귀뚜라미 울음을 잊을 수 없었어. 얼른 주워 주머니에 빵을 넣었지만, 바보같이 다시 떨어졌지. 당황했지만 표현은 할 수가 없었네. 미안하다고 말하는 순간 모임을 망쳐버린다는 걸 잘 알기에…… 난 빵을 가져올 수가 없었네. 나의 귀뚜라미에게 불쌍하고 미안한 일이지만. 문을 나서기 전, 오르한 자네는 흥분한 목소리로 날 돌려세웠어. 어이, 자네 왜 벌써 가려고 그래? 아직 카드가 다 돌지도 않았는데. 난 나의 귀뚜라미가 차마 굶고 있다고 말할 수 없었어. 귀뚜라미의 자존심 때문이지. 자네, 귀뚜라미에 대해서 아는가. 어두울수록 움츠리며 흐느끼는 울음소리, 하얗게 부서져 내리는 가을비의 울음소리 말일세. 나 이제 가겠네. 잘 있게 친구여. 그러나 오르한, 난 도저히 자네의 그 빨강을 견디지 못하겠네. 결국, 자네는 나에게 빵을 안 주지 않았는가!

오르한이 보내온 편지

이봐, 자네의 편지는 나귀를 타고 늦은 밤에 왔더군. 터벅터벅 안드로메다를 돌다 왔는지 겉봉에 별 가루가 묻어 있었어. 그날 모임에서 우린 카드를 돌렸지. 자네, 내가 뭘 쥐고 있었는지 아는가. 에이스 짝패였지. 세상에, 내가 에이스라니! 난 자네의 빵 따위 신경도 쓰지 않았어. 자네가 테이블 아래로 머리를 숙여 카드판을 망치려 했을 때 난 절망을 느꼈어. 솔직히 살의를 느꼈지. 권총의 차고 어두운 구멍으로 자네를 밀어넣고 싶었다네. 자네의 귀뚜라미도 함께 말일세. 자네는 나의 빨강을 탓하지만, 세상 울음소리는 다 같은 거라네. 누가 울어도 같은 소리지. 슬픈 바다와 훌륭한 바다 소리를 자네는 다르다고 하겠지만, 사실 같은 바다의 다른 얼굴이야. 창 너머 바다가 보이고 라디오에서 파도 소리가 끓는다고 누구도 라디오를 바다라 생각지 않아. 자네가 가고 난 뒤 우린 곧 싱거워졌다네. 카드 모임에서 하나가 빠지는 것만큼 막막한 일은 세상에 없지. 그건 살의를 느끼기에 충분해. 하지만 자네가 문을 밀고 나갈 때 난 자네가 흘린 빵을 보았어. 먹다 남은 빵 조각 말이야. 그러자 자네의 먼지 낀 구두와 빵을 줍는 낡은 손이 생각났어. 자네의 귀뚜라미. 차고 어두운 방을 밤새 울음으로 채우다 잠드는, 그런 사랑. 미안하네, 나의 친구여. 그리고 날 용서한다면 다음 모임엔 잊지 말고 코트 주머니는 꼭 꿰매고 오게.

Knockin' On Heaven's Door

momma, take this badge off me*

날씨는 추웠고 소주는 아버지가 챙겨주셨어요.
눈알은 빙글빙글 돌며 노란 꽃을 피웠어요.

사랑하는 푸른 하늘, 검은 아스팔트.
전봇대는 높고 외투도 걸 수 있어요. 나는 입을 다물고 몰래 사직공원 담벼락에 낙서를 했지요.

신나는 야마다상 일행이 종묘로 들어갈 때 나는 무료급식소에 줄을 섰어요. 오늘은 오뎅과 단무지, 일식이었기에 아리가또오구다사이로 인사했죠. 나는 유식했으므로 금방 유쾌해졌지요.

해는 저물고 어둠은 까만 옷을 입고 오나봐요.
지친 눈알을 더듬으며 나는 바다로 갔어요. 물새와 미친 물새의 발자국이 모래밭에 앉아 훌쩍이며 말했어요.

천국은 바다에 살아요

죽기 직전의 바다는 붉게 물들고요.

나는 혓바닥을 모래밭에 묻어주고 침묵했어요. 나침반의 온도는 영도였어요.

* Bob Dylan 「Knockin' On Heaven's Door」 첫 구절.

미용실 오빠

오빠, 오늘은 파마하러 왔어요. 큰 물결 치는 파마를 해주세요. 머리카락에서 파도가 치면 물고기도 키우려고요. 아라비안나이트에 나오는 파마한 지니, 천일 동안 오빠를 보며 알리바바와 41인의 도둑 이야기도 해줄게요. 40인이 아니라도 실망하지 말아요. 알리바바는 알리바이가 완벽하잖아요. 아무튼 그렇잖아요. 이야기가 시시하더라도 '열려라 참깨' 같은 유치한 주문은 하지 마세요. 세상에, 참깨를 열어서 뭐하겠어요, 그냥 쉬운 나를 열어주세요. 내 안에는 여러 달콤한 이야기가 있거든요. 하나도 같지 않아 결말은 종잡을 수 없는 이야기 들려줄게요. 창밖에 비가 부슬부슬 오고 오빠가 머리를 감겨줄 때 오빠의 굵은 손가락이 내 머릿속 우주를 헤집는 것 같아 온몸이 둥 둥 둥 떠다녔어요. 오빠, 창밖에 세워둔 양탄자 타고 하늘을 날아봐요. 오빠의 빛나는 다락방에 숨겨둔 야광별을 보며 밤을 건너는 유람선도 만들어요. 쉴 새 없이 물결치는 파마를 타고 별과 장미의 정원을 넘나들며 램프를 돌다 뛰쳐나온 파도 소리가 도 미 솔 파랑을 세차게 두드리게. 눈을 감아봐요, 이제 정말 마지막 요술 램프가 나올 차례예요. 램프는 흔한 램프지만 오빠가 만지면 특별한 기분이 들어요. 머릿결에 부는 파도가 헝클어지지 않게 오빠의 손가락으로 만져줘요. 생일날 오빠가 구운 쿠키처럼 거품이 일고 바다 향이 나게. 오빠, 염색도 부탁해요. 내 몸을 천천히 열고 꼭지도 빨갛게 발라줘요. 멀리 북극에서도 오빠가 찾을 수 있게. 파도를 덮어쓰고 춤추는 파랑을 오빠라 생각할게요. 오빠, 사랑하는 오빠,

지니

설전(舌戰)

나와 당신의 혀는 동면하는 뱀처럼 감기고

설익은 달에서 떨어져나온 애인의 혀는 두개다. 봉분 같은 너의 오물거리는 입술을 열고 빨대를 꽂아 쪽쪽 단물만 뽑는다. 미안하다. 그러나 어쩌랴, 나는 당신에게 혀마저 빌려야겠다.

눈앞에 비수 같은 바람이 똬리를 틀고 나를 본다. 몸을 가질 수 없는 바람이야 누구를 붙잡고 늘어져도 상관없지만 국수 같은 머리카락이 방바닥에 떨어져 휘날리는 이즈음, 밤마다 피는 맑아진다. 옷이라도 풀어 널어야겠다. 탈수기를 돌다 나온 새끼 고양이 울음, 내 젖을 빤다.

불안한 마음이야 없지 않았지만 처음은 이게 아니었다. 말랑한 입술 뒤에 숨긴 뾰족한 송곳니가 너의 무기이듯 기웃거리며 탁발하며 살아온 나의 오랜 연애도 불온.

암거미처럼 허공에 매달려 천장과 어두운 바닥을 타고 다니는 아슬아슬한 나의 오랜 연애. 이제 장미의 피를 마신다.

직선으로 때론 느린 곡선으로

죽을 거예요. 눈이 오잖아요. 당신의 눈알이 빙빙 휘어져 내려요. 당신은 곡선으로 달아나고 나는 직선으로 당신을 쫓아가요.

밤새 눈이 오고 입안에는 당신이 쌓여요. 휘휘 저으며 달려가던 팔다리가 몸속으로 사라져요. 어쩌죠, 눈사람이 되려나봐요.

이러다가 정말 죽을 거예요. 당신이 물이면 나도 물이에요. 찬물이 찬물 속으로 들어와 끓고 있어요. 당신은 왜 이리 차가운가요.

버려진 당신의 발자국을 외등 아래에서 처음 보았어요. 당신을 찾는 입김이 흘러나와 밤의 그을음이 되었어요. 당신의 그늘에 떨어진 눈알은 살아 움직여요.

직선으로 때론 느린 곡선으로, 군무를 추듯, 당신은 날 부르고 내일 목소리는 없어요. 눈이 오잖아요.

언니의 침대

침대는 밤이면 떠오른다. 밤에서 밤으로 입술을 바꿨고 아침은 영영 오지 않았다. 얼굴과 얼굴 사이 내리는 비. 술래잡기하듯 우리가 몸을 숨길 차례였다.

그런 표정으로 언니의 침대는 잠으로 스며든다. 오래전 숨겨둔 유리병에 부는 바람과 휘파람 소리, 푹신한 언니의 침대.

그림자가 머물다 간 창가, 종이배를 날린다. 떠오르는 깃털보다 눈동자를 채우는 먼지들, 아직도 밤의 창가를 날고 있는 울음 하나.

건너편 베란다에서 불 꺼진 피아노 소리가 이쪽을 건너옵니다. 누군가가 그리워하는 손가락이 밤바다에 떨어져 미역처럼 흔들립니다. 당신을 생각하는 메아리들을 줍느라 나는 아직 밤이 한참 모자랍니다.

빨래가 펄럭이고 자신의 목소리가 말라가는 소리를 듣는

다. 잠 속에 언니의 침대는 깊어지고 입을 벌리면 죽은 새의 컴컴한 말소리가 들렸다.

창가에 죽은 그림자 하나 세우면 밤은 느려진다. 눈동자를 떠난 행성은 언제쯤 반짝일까. 나는 종이배에 밤의 더운 입김들을 태우고 우주로, 우주로

박하 향 입술

*재즈*가 그만, 거품 속에 빠져버렸어요. 열개의 손가락과 스물세개의 외눈이 연주하는 피아노 건반이 허우적거리고 뒤죽박죽된 테이블 네 다리가 후들거려요. 엄마는 날 버리고 떠났죠.

술잔은 부드럽게 떠올라요. 그래야만 해요. 오늘밤 입술과 입술이 부딪치고 부서지며 거품은 피어나요. *재즈*를 타고 날아다니는, *우리는 재즈의 즐거운 풍선들이에요*.

박하 향이 입술에 풍겨요. 거품을 타고 이제 집으로 가요. 가여운 발목이 그만, 몇 정거장 지나버렸어요. 집은 멀고 우는 엄마가 자꾸 따라와요. 목젖이 가렵고 입술은 떨려요. 거품이 깨어나려나봐요. 어쩌죠, 딸꾹딸꾹

도넛도넛

1

34번가와 27번가 사이
반죽의 비밀은 목구멍 같아
우물 같아
어제 빠진 음성을 떠올린다

반죽은 진지해
반죽은 끈끈해
반죽은 너무해

입가에 묻은 설탕 가루가 떨어진다
34번가와 27번가 사이
당신을 기다리는 입술
시간이 달콤해진다

2

둥근 반죽의 세계
말랑말랑해지기 위해

떠오르는 도넛의 음성

어제의 침대를 떠올리고
목소리는 밀가루를 닮아
이 세계가 흩날린다
더 말랑해지기 위해
도넛도넛

어서 오세요
밀밭으로
반죽의 세계로

물기는 세워두고 울던 눈을 구울게요
오븐에서 이십분간 당신을 구울게요

울던 눈이 바싹 구운 눈이 되고
방금 구운 눈이 접시에 담긴다
설탕 가루가 뿌려진 달콤달콤한 눈알

34번가와 27번가 사이
흔들리는 침대와
블랙커피
참 심플한 도넛도넛!

옥수수의 계절

더 나빠질 게 없잖아

매일 부는 바람과 햇빛일 뿐이야

여기가 시작인데

여기서 멈추어야 하는 걸까

유리 조각이 긁고 간 눈동자

당신의 겨울 숲인데

어디가 시간일까 무너지는 햇빛일 뿐인데

어디가 무한일까 매일 부는 바람일 뿐인데

하모니카 부는 게 지겨워 옥수수를 그려보네

옥수수가 다 익기 전 계절은 스러지고

눈동자가 검어지는 시간부터

눈동자가 돌아오는 미백의 시간까지

반짝이는 피 냄새

그리워, 수면 아래 잠든 눈동자를 깨워야겠네

그의 고독을 들어야겠네

우리가 우리를 잊기로 해요

우리가 언제 만난 적 있었나요

시간이 결별을 듣는 동안

바람은 고요를 입고

여백은 모두 검은색

내가 사랑한 인형의 목은

모기 피는 달았다. 입술이 뜨거워 모기는 날면서도 울었다. 모기장에서 모기를 내쫓고 아버지 주무신다. 아버지의 꿈은 달고 깊다. 기어이 피 맛을 본 것이다.

자정이 되자 향 냄새가 날고 취한 사내가 골목에 들어섰다. '여보 내가 왔어' 죽은 자의 목소리는 이승에서도 취해 있었다. 아침에 떡과 생선 대가리가 그 집 앞에 놓여 있었다. 나물은 보이지 않았다.

우리 동네 목사님의 빼빼 마른 딸은 시집갔다 금방 와서 무당이 되었고 나는 교회 첨탑에 올라앉아 기도를 올렸지.

다시는 모기를 죽이지 않겠습니다.
피 맛을 잊겠습니다. 그러니 제발,
작두를 태워주세요.

어머니는 면도칼을 씹으며 나에게 겁을 주었고 여동생은 목 없는 인형을 가지고 놀았다. 여동생의 송곳니는 더이상 자라지 않았고 목사님의 성대는 찬송가만큼 아름다웠다.

내가 사랑한 인형의 목은 어디 갔을까. 찬송가를 부르며 인형의 다정한 손을 잡아주었다.

검은 정원

태어나지 말았어야 했는지 몰라 감긴 눈에 나뭇잎이 내려와 내 눈은 잠들지가 않아 어릴 적 마미 앞에서 그린 그림 속 해 지는 마을은 저물지 않는데 바람의 입술을 떠도는 발목은 차고 어두워 마미, 찬물을 길어 귓가에 부어줘 출렁이는 물속 나라를 위해 향 하나만 피워줘 악기처럼 저음으로 마미를 그리며 잠들래 낮에 날린 종이비행기가 저녁을 지나 물속으로 날아가 조종사도 타지 않고 그 마을 찾아갈 수 있을지 몰라 죽은 새의 검은 눈으로 네 눈 속에 핀 장미 지금 마중 가고 있는데 내 눈은 언제쯤 감길까 마미, 밤과 낮을 섞으면 장미가 잘 자란다는 '검은 정원'을 알고 있어 그 정원의 일과는 가느다란 휘파람 불며 지중해를 둥둥 떠다니다가 한밤중에 키우던 장미들을 조금씩 물속에 풀어놓는대 장미를 물속에 오래 담그면 광인(狂人)의 눈알 같은 빨간 해파리가 된다는데 그러니까 장미와 해파리는 눈속을 유랑하는 같은 종족인 거야 마미, 물에 빠져 죽은 사람의 눈알이 오늘밤 떠올라 그 사람의 눈동자를 위로하려면 같은 물속에서 같이 잠들어야 해 꿈에서 그 사람의 눈동자에 흐르는 물을 받아 마시면 해파리가 떠다니는 '검은 정원'이 보여 그 정원의 정원사는 커다란 가위로 하늘을 오려 사각 창문을 낸다고 해 별이 붙어 있는 그 창문에 지금도 내가 날린 종이비행기는 날고 있을까 마미, 가을밤은 벌레를 찾으며 울고 있어 어젯밤에는 고추잠자리 한마리 절뚝이며 내 눈을 다녀갔어 다리에 기다란 실을 매단 채 내 눈의 지하를 끌며 낮게 비행하다 내 눈알을 꺼내고 장미꽃을 끼워주었어 마미, 내 눈이 뜨거워 사과를 깎다 하얀 속살이 예뻐 내 손목도 같이 깎아주었어 사과 껍질을 타고 장미의 피가 타올라 마미, 사람들은 배낭을 메고 모두 남의 둥지에서 사나봐 떠날 준비 하는 사람들 눈에는 적요로움이 흘러 마미, 우산도 넣어줘 젖은 배낭은 무섭고 깜깜해 마미, 몸이 달아나려 해 가물거려 마미, 사랑해

안드로메다 교실

당신의 밤이 지루해지는 순간,
당신은 이 글 어딘가에 홀로 버려진다.

당신의 조화 같은 얼굴에 물을 뿌려주고 나면 화장대에서 밤의 냄새가 난다. 시간과 각도에 따라 달라지는 얼굴을 거울 안쪽에 매달고 집을 나선다. 잘 있어, 밤의 그을음아, 피가 익으면 돌아오겠다.

창문에 별들이 달라붙어 있다. 유모차를 밀며 천국을 향해 걸어가는 늙은 얼굴들.

시간이 거꾸로 흐른다. 태어나면서 우리는 틀니에 맞춰 노래한다. 부러진 틀니는 어느새 불어난 당신의 젖을 물고, 오늘밤은 침이 끓고, 싱싱한 밤의 꽃들이 지하에서 피어난다.

더 빨리 꽃들이 피려면 피가 익어야 해. 당신은 지금 점점 버려지고 있다.

지구에서 채집해온 두개골은 바람과 그늘에서 말리면 좋은 악기가 된다. 두들길 때마다 생각들이 쏟아져 화음이 된다. 음악, 구멍 뚫린 눈알에서 새어나오는 바람의 음악은 달나라까지 퍼졌다가 쓸쓸히 되돌아온다. 죽은 자의 머리를 두드리면 악— 하고 별의 울음이 스친다. 두개골의 음악이다.

부러진 틀니가 웃는다.

이곳 바다는 물이 없다. 간혹 고래가 달려와서 사람을 물고 모래 속으로 사라진다. 불알을 만지듯 모래를 뒤적이는 당신의 손끝에 별의 꼬리가 만져진다. 지금 반짝이는 별은 우주의 미아가 된 지 이미 오래.

나는 안드로메다에서 추방당한 몸, 주말이면 편지가 온다. 어머니

얘야, 밥은 먹었니? 밥은 못 먹더라도 죽은 먹도록 해라. 죽을 보내마. 여기는 목욕비가 올라 비 오는 날 목욕을 한단다. 사람들은 비가 내리면 모두 밖으로 흘러나오지.

네가 잡아준 애벌레가 나방이 되어 밤마다 날아다닌다. 어머니, 그건 박쥐예요. 거꾸로 매달려 달을 갉아 먹고 있잖아요. 달이 사라질지도 모르니 어서 날려 보내세요.

국수를 먹다 발견된 음모. 사라진 음모를 찾아 주인은 얼마나 찾아 헤맬까. 아줌마, 여기 주인 잃은 음모 제발 찾아가세요.

주전자에 바퀴를 넣고 차를 끓여 마시면 감기가 달아난다. 무슨 맛일까. 계란을 삶는다. 뜨거운 물에 뒤척이다 껍질째 익어버린 알. 어미에게 버려진 무정란의 울음이 양은 냄비에서 밤새 끓고.

낙엽을 입고 잠을 잔다. 집을 나온 이래 나는 불면의 나무. 내 몸 구멍구멍에 나방이 알을 슬었다. 쿨럭이는 알들의 기침 소리. 흩날리는 비늘 어서 깨어나야 하는데 나는 아직 잠들지도 않는다.

젖을 먹일수록 너는 나방이 되어가고 펄럭일 때마다 너의 눈 안에서 나는 길을 잃는다. 잠들지도 않았는데 너의 흰 날개가 날아와 내 부러진 틀니와 입 맞추고.

안도로메다, 너의 눈을 들여다보면 물소리가 보인다. 바람이 우주에 풀어놓은 자장가, 나의 연인.

밤새 빨간 담뱃불을 그으며 이제 안녕, *나의 어두운 사랑 안드로메다*.

제3부

여섯 웜홀을 위한 시간

시간이 벌레처럼 손목을 기어다닐 때 당신의 시계는 멈추고

문을 닫아도 다시 바깥. 찬 바람 속 나는 손톱에 달을 키우는 목동. 방목한 별들의 울음을 듣다 잠이 들면 내 몸은 얼었다 녹았다 부서지는 중.

숲을 건너온 바람이 눈동자에 번진다. 주머니에서 죽은 새가 운다. 물구나무를 서면 시간이 열 수도 있다. 허기가 진다.

허기가 지면 휘파람 소리는 어둡다.

아름다운 목수가 잘라 만든 천체: 비가 새는 걸 본다. 관음(觀音)하기. 아침부터 반복되는 발작으로 말더듬이는 태어나고 개들은 비가 와도 흘레붙어 즐거워한다.

그건 지구 저편 저녁의 일, 중력 때문이라고 그림자가 속삭인다. 그림자의 손을 잡고 내일은 비 오고 내 그림자는 없다.

발바닥이 두근댄다. 키가 자라지 않는 꽃은 어느 화병에서 죽어갈까. 바람이 몸속에 머물다 떠나는 가벼운 여행일까.

인디언들은 새해가 되면 사랑하는 사람의 손톱을 땅에 묻어준다는데, 내가 묻은 인형들 모두 안녕한지. 부러진 왼팔을 흔들며 잘 가. 안녕.

가시에 찔린 붉은 혀를 쓰다듬고 깨어나기 싫다. 무럭무럭 자라나는 이상한 꿈들. 명왕성이나 목성 근처, 밤을 통과해 날아온 벌레들의 울음소리 들려온다.

그대가 보여준 지도에는 요일이 없다. 목요일과 화요일이 겹칠 때 그대의 자궁과 자궁을 연결하면 환한 별자리가 될까? 지금도 구름은 무섭고 밤의 냄새는 깜깜.

빅뱅 쇼

이 이야기는 우주생성 비밀 이전의 비밀이길 바란다.
비밀이란 원래 공공연하므로 신화가 되기도 한다.

＊등장인물 혹은 배경

A혹성: 남성과 여성 사이를 방황하는 혹성. 자신을 빨간 우산이라고도 생각한다.

B혹성: 세탁소 운영. 깨끗해지기 위해……

C혹성: A와 B 사이에 거주하는 정체불명의 혹성

내레이터

그외 바람과 구름과 다수의 비

(주인공이 누구인지 알려지지 않는다. 당신과 나는 눈앞에 걸린 작은 창문을 통해 이 글을 끝까지 들여다볼 수밖에 없다.)

제1막 자기가 내지른 비명 소리에 놀라 세상엔 늘 비가 온다

A혹성: 비가 와요, 소풍을 가야겠어요. 혼자라도 이번엔 꼭, 물에 떠다니는 명왕성 명왕성……

비행기를 맡긴 세탁소

B혹성: 어서 오세요. 오늘 세탁기는 깨끗해요. 세제는 다행히 가루약이라 물에 잘 녹고요. 비행기는 잘 다려놨어요. 팔만 힘껏 흔들면 깨끗하게 날아가요.

A혹성: 시동 한번만 걸어주세요. (부우엉—부엉)

B혹성: 근데 어디 가세요?

A혹성: 여자친구 만나러 명왕성에 가요.

B혹성: 네? 여자? 여잔 줄 알았는데. 긴 머리칼에 큰 귀고리.

A혹성: 난 여자도 되고 남자도 돼요. 다시 말하면, 여자도 남자도 아니에요. 우산이라고 생각한 적도 있어요. 펼쳤다가 오므리면 뾰족해지는 빨간 우산. 다시 말해, 에브리바디거든요. 근데 그게 중요해요?

B혹성: 그런 건 아니지만, 무척 편리하다는 생각……(갑자기 뜨거운 목욕탕이 떠오른다.)

(C혹성 들어왔다 그냥 나간다.)

B혹성: 저는 남잔데, 요즘 할 일이 없으니 저도 데리고 가주세요. 빨래와 뜨개질을 아주 잘하거든요.

A혹성: 그렇게 하세요. 대신 치근덕거리지는 마세요. 근

데 뭐라고 부르죠?

B혹성: 그냥 '세탁'이라 불러주세요. 저를 그렇게 불러주면 왠지 깨끗한 사람이 된 거 같아요.

A혹성: (이상한!)

(C혹성 문을 열고 들어온다. 두리번거리다 그냥 나간다. 불이 꺼진다.)

제2막 밤마다 내 영혼은 길을 잃는다

무대가 밝아지고 (이제부터 종이는 삭제된다) 비행기를 타고 둘은 날고 있다. 창문으로 행성들이 반짝이며 지나간다. 연필로 그린 창문에 비가 새어들어오고 비 오는 우주에 둘을 태운 비행기는 둥둥 떠 행성들 사이로 날아간다. 바람 약간 불고 비에 젖은 둘의 몸이 흔들린다. 희미한 웃음소리 들리고.

A혹성: 아, 오로라다! (방백 혹은 독백) 초록빛 바람이 부네요. 누구나 초록 아래에서는 나무가 되지요. 사

람들이 아침마다 한줄로 서서 버스를 기다리는 건 나무가 되려는 것이에요. 나무들의 질서 속으로. 움직이면 벌 받는 나무. 다시 말해 초록 아래에서는 누구도 뒤를 돌아보면 안돼요.

B혹성: 갑자기 뜨개질을 하고 싶군. 아름다움이 사라지기 전, 초록빛 실로 초록 천을 엮어 초록 이불을 만들 수 있다면.

A혹성: 초록 바람이 불면 시간은 멈추었다가 거꾸로 흘러요. 우주의 또다른 세상으로 데려다놓지요. 남자는 여자로, 소녀는 소년으로. 기쁨이 초록의 우울로 넘쳐날 때 젊어서 죽은 자는 돌아와 자신의 말라가는 눈동자를 들여다본답니다.

B혹성: 왜 그러지요?

A혹성: 눈알이 마르기 전에 자신의 눈 속에 고인 침묵을 꺼내가려는 거지요.

(C혹성 다시 나타나 둘의 비행기를 한 번 밀어주고 나간다.)

제3막 누구나 자신의 눈에서 자신의 슬픈 영혼을 본다

B혹성: 근데 명왕성은 아직 멀었나요? 꽤 멀리 온 것 같은데……

A혹성: 내리는 비를 따라 주욱 가면 돼요.

(서서히 어두워지고 빗소리만 들린다.)

(어둠속으로 피리 소리가 무대 바닥을 적신다. 양초를 들고 있는 손이 환해지고 뜨겁다. A가 흐느낀다. B도 흐느낀다. 시계 소리 째깍째깍.)

(다시 환해지고)

A혹성: 세탁, 왜 울었어요?

B혹성: 우산 따라 울어봤어요. 누군가를 따라 한다는 게 전 좋아요. 기분도 좋아졌고요.

A혹성: ?

B혹성: 우산은 왜 울었어요?

A혹성: 그— 냥!

(C혹성 들어왔다가 그냥 지나치며 반대쪽으로 나간다.)

(약간의 침묵이 연주하는 바이올린……)

B혹성: 당신의 우는 눈을 들여다보니 당신을 이해하게 됐어요. 당신을 사랑하는 것 같아요. 아니, 사랑해요. 이건 예정된 운명이에요. 당신을 따라나서는 순간, 당신을 위한 뜨개질만 생각났어요.

A혹성: (천천히) 저도…… 세탁소에 나의 종이비행기를 맡길 때부터 당신이 좋았어요.

B혹성: 정말 우린 운명이군요. 그만 돌아가요. 너무 멀리 왔어요.

A혹성: 네, 좋아요.

B혹성: (머뭇거리다 조심스럽게) 그런데…… 명왕성에 있는 당신 여자친구는 어쩌죠?

A혹성: (먼 곳을 바라보며) 그곳은 이제 또다른 기적이 시작될 거예요. 당신을 사랑하는 순간…… 당신과 내가 같은 행로를 날아가듯. 모든 가능한 일은 반드시 일어난다는 걸, 난 믿어요! 사랑만이 우주의 유일한 마법이에요.

B혹성: (확신에 차서) 그래요, 우리가 사랑하는 순간 우린

이미 정해진 하나의 시간 위를 걷는 행성들이죠.
어쩌면 우주 건너편에 기대어 누군가를 죽을 때까지 기다리다 잠드는 작은 벌레일 수도……

A혹성: (독백 혹은 방백) 맞아요, 작은 벌레…… 벌레들…… 우는……

(둘은 손을 마주 잡고 사라진다.)

제4막 1+1=0

다시 세탁소

B혹성: 같이 살기엔 좁지만 이 안으로 들어오세요.

(둘은 세탁기 통 속으로 들어간다.)

A, B혹성: (합창으로) 아아, 빙빙 돌고 있어요. 어지럽지만 기분은 좋아요.

(무대는 점점 어두워지고 둘의 목소리가 교성처럼, 때로는 흐느끼며…… 서서히…… 합체…… 멈춰 있던 당신의 시간이 다시 움직이고 시계 소리 점점 빨라진다. 째깍째깍. 아주아주

점점 어두워진다.)

삼색조명이 느리게 무대 한구석을 비춘다. 그곳에 팔다리가 뒤엉킨, 우리가 처음 보는 합체된 인간 '빨래인간'이 우두커니 서 있다.

A+B: (혼성합창의 목소리로) 이곳은 물소리 바람 소리만 들리는군. 인간이 없네. 정말 없네. 정말 없네. 정말 없네.

(벌레에 가까운) 새로운 종의 탄생. 이 이야기 속에 당신이 길을 잃었다면 당신은 이미 이곳 신화(神話)의 관객이며 새로운 종의 탄생을 본 목격자이자 피해자이다. 머리를 흔들면 더듬이가 곧 자랄 것이다.

(밤마다 자신의 영혼을 물고 새는 잠든다. 빗소리 점점 커지고)

멀리서 들리는 늙은 여자의 흐느낌 —

우리가 내지른 비명 소리에 놀라 세상엔 늘 비가 온단다.

나나

손이 시려요. 목에 찬밥이 걸렸나봐요.
울음소리 자꾸 새어나와요. 오늘밤엔
생선을 물고 집을 나올 거예요. *(달빛이 너무 밝아요)*

투명한 것은 위험해요.
거울 속 눈알이 발기된 채 날 따라와요. *(부끄러워요)*

어두운 곳에 앉으면 흑흑 울음이 나요.
당신의 가슴에 매달려 털갈이할래요. *(간지러워요)*

부드러운 졸음이 쏟아져요. 달빛이 목덜미를 물고 있어요. 가만히 입을 오므려 바람과 키스해요. 출렁이는 물결 소리, 둥 둥 둥 북소리도 들려요. 숨겨둔 무덤을 누가 찾으러 왔나봐요. *(이제 어쩌죠)*

오늘밤엔 달빛도 쉬어야 해요. 한없이 수염이 자라나요. 야옹야옹. *(내 이름은 나나예요)*

어느날 나나가 되어

양탄자를 타고 아덴을 건너왔지. 우리는 목도리가 될 수도 카펫이 될 수도 있어. 구부리면 용수철처럼 튀어올라 담장에 울음을 걸 수도.

검고 푸른 눈빛의 반짝이는 세계. 아홉번 죽을 수도 다시 살아날 수도. 나나, 빛나는 영생의 마지막 이름이야.

우리의 잠을 건드리지 마

바람은 들여다볼수록 상쾌했고 발톱은 한없이 뾰족해졌기에 우리가 사랑하는 생선은 비릴 수밖에.

어느날 나는 입맛을 다시며 물병을 빠져나오는 불빛에 비친 그림자의 발자국을 따라 무작정 미로가 되어보기로 했다.

오늘의 운세

변성기를 지나 각설탕이 녹는다
침대를 옮겨다니는 인형의 표정이
밤이면 감미롭다
한 눈금씩 체온이 오르고,
오늘은 손목을 깎아 창가에 세워두고
운세를 맞춰본다

장미의 피를 채혈하기 위해
잠든 눈알은 수부(水夫)가 되어
꿈속을 영원히 떠돈다
잠속으로 눈알이 점점 잠기고

바람으로 빚은 바람의 눈사람은 바람에 녹고
눈사람이 되기 위해 북극말로 이야기한다
입안이 얼 때까지, 새하얘질 때까지
만년빙아래, 산 채로 눈사람을 거꾸로 묻어둔다

머리를 두드리면 웃음이 쏟아진다

미쳐가는 것이다, 오늘의 운세는
아무도 당신의 공로를 인정해주지 않는다

내일은 동쪽에서
붉은 장미와 흰 장미의 교배종인 남자의
입술을 훔치기로 한다

밤의 오르간

마미, 잠들 때 영혼은 희미한 보라색이야. 오늘밤 별은 쏟아지고 창문에 널어놓은 손목들이 흩날리고 있어. 나의 가시장미가 밤의 눈을 찌르고 깜박이는 눈꺼풀 위로 보랏빛 나비가 앉았다 날아가. 별 가루가 묻은 나비는 가을볕에 뱀풀처럼 떨리는데 내 영혼의 표정은 공기처럼 창백해. 하늘엔 모닥불이 타오르고 나비의 작은 울음은 밤의 흙을 물들이며 나의 장미를 우주로 실어날라. 반짝이는 장미가 떠다니는 우주. 가시비가 내리고 눈동자는 검은 물을 쏟아내. 마미, 우주에 부는 바람은 모두 동요가 되나봐. 천천히 죽은 자의 입술을 적시고 있어. 머리카락은 어두울 때 더 빨리 자라나봐. 오르간 소리가 머리카락 끌며 몽유병처럼 달빛 위를 쏘다녀. 무섭지만, 유리병에 숨겨둔 마미의 입술을 꺼내 노래할래. 얼어붙은 달그림자 물결 위에, 잠이 와 잠이 와.

달을 든 해안선

#1

물망초 꽃말만 기억한다. 절벽을 기어올라 뛰어내리기 좋은 날씨. 풍뎅이처럼 귓속이 윙윙거린다. 누구도 자신의 눈 속에 흐르는 바람을 읽지 못한다.

#2

내가 가지고 있는 붉은 눈알을 잃어버리지 않기 위해 절벽에서 뛰어내린다.

#3

월력으로 계산해보면 아버지의 입술은 살아 있어야 한다.

#4

방부제를 먹고 아버지는 주무신다. 자신의 명부전에 놓인 쌀로 밥을 지어 먹는다. 썩지 않아 오래 잠든다.

#5

피어싱을 위해 먼저 귀를 씻어야 한다. 당신과 내 귀가 겹

친다. 소라껍질같이 구부러진 바다에서 나와 당신의 귀가 익사한다.

#6

아프리카 아프리카, 내 혀는 석탄색이다. 검은 물이 흐르는 문장에서 아프리카 아프리카, 슬픈 노래를 캐낸다.

#7

방언을 배우고 욕이 쏟아진다. 통성기도를 하며 엄마의 빼빼 마른 손목을 자른다. 나의 말은 이제 천상의 말이 되었다.

#8

쌍둥이 언니의 영혼은 밤이면 옮겨다닌다. 머리는 둘로 침대에 혀를 나눈다. 누구도 쌍둥이 언니를 모두 사랑할 수는 없다.

#9

그림자가 되기 위해 검은 옷을 입고 검은 마스카라, 검은 눈으로 밤이 되어간다. 벽에 걸린, 구멍 난.

#10

짧은 문장을 쓰려면 혀를 잘라야 한다.

#11

해안에 비가 내린다. 칼끝으로 묘비에 빗소리를 새긴다. 묘비에만 비가 내린다.

#12

창문에 해안선이 달라붙어 있다. 파도 소리 쏟아지고 창문은 깨어진다. 어쩔 수 없이, 달이 환하다.

수면안대

눈을 감겨줄까
누군가의 결인 것 같은데
손가락이 조용하다
줄무늬 잠옷은 누가 가져갔을까

줄무늬가 찾고 있는 게
침대인지 독백인지
양들을 숨겨야 하는데
추적할수록 엄마는 가까운데
머리카락은 왜 눈동자만 찌를까

짝수가 나오기까지
홀수는 잠들면 안되겠지

잠든 양들은 헤아릴수록
입술이 모자란데
손가락은 여전히 조용하다

벽을 타고 흐르는
귀 안쪽에 사는 타인들
잠글수록 두드리는 귓속인데

언제쯤 우리는 눈동자를 재우는
섬세한 물소리를 가질 수 있을까

감은 눈이 하얘진다
눈동자에 눕는 양들
한 눈이 다른 눈을 감겨주고 있었다

물속 눈보라

어디쯤일까, 닻은 가라앉는데 바닥이 없네, 잠은 오는데 눈동자는 감기지가 않아, 눈꺼풀 위에 네가 앉았다 날아가고, 물결의 떨림만으로, 물결에 잠든 입술만 생각할래, 날 기억해줄래, 조금씩 가라앉는 속눈썹이 눈동자를 파고들어 이제 너만 보여, 장미의 혈액을 나눠줄까, 가시가 닿아 아프지만 조금만 참아줘, 오늘밤은 내가 너의 기억이잖아, 낯선 창가에 핀 몽상이라 생각해줘, 삐걱이며 달빛이 폐각을 맴돌고 귓가엔 따뜻한 모래알이 흘러내려, 빨간 입술 위로 장미 넝쿨이 우거지고, 시들 거라 생각은 마, 생각나니, 언젠가 물속에 내리는 눈보라를, 그 눈보라의 시린 입술을 바라보며 흩어지던 휘파람 소리를, 이제 가야겠지, 몸에 물이 오고 물에 몸을 누여야 해.

욕조의 문장들

욕조에 물이 차오르면 입안에 고인 나의 문장들이 쏟아져, 먼 바다를 떠다니다 식탁에 올라온 물고기의 하얀 눈알이 욕조에 찰랑이며 젖은 물결을 만들어 비리다고 생각되면 조금만 거품을 풀어줄래, 이상한 물소리가 들려와, 너무 오래 가라앉은 사람이 물장구를 치고 있나봐, 퉁퉁 분 손으로 악수를 청해, 손금이 지워져 잡기 싫고 무서운데 욕조는 떠오르고 있어, 나의 욕조에 입김을 불어줄래, 바깥은 춥고 욕조는 꽁꽁 얼고, 팔을 흔들면 겨드랑이에서 종이배가 쏟아져, 종이배를 타고 욕조를 항해할래, 창문을 열면 우주에 눈보라가 쏟아지고 욕조를 끄는 밤의 문장들, 바람의 시편들이 욕조에 빠지고 있어, 잠자리채로 동생을 건져야 하는데, 동생의 지느러미가 어서 자라 로렐라이 언덕에서 노래해야 하는데, 먼 바다에 두고 온 아가미의 말들이 문장을 데워야 하는데, 엄마의 나귀는 장에 가서 할머니를 사와야 하는데, 검은 시들이 욕조에서 나오지 말아야 하는데, 사랑하는 나의 욕조, 입속에 피는 검붉은 산호를 사랑하는데

타로에게

오늘따라 바람이 사납군
눈이 오나봐요 하늘을 향해
그물을 내려야겠어요
입술에 닿는 느낌으로
조심스레 우주를 뒤지면
눈먼 자가 걸어나온다
염소자리군 당신은
검은 주머니에서 별을 물고
울고 있다

*

물로 된 울음이
저녁을 떠돌아요
당신을 찾는
바람의 음성이
여기까지 들려와요
누군가 우주의 틈을 열고

조금씩 조금씩
다가온다 당신은
오카리나에 부는
슬픈 바람이군
어느날
악보가 되어
당신을 연주하리라

알프스 소녀 하이드

요정을 만나야 해. 착한 요정이든 나쁜 요정이든 상관 없어.
그저 마법을 쓸 줄 아는 요정이면 돼!*

집을 나왔어 태양아. 눈꺼풀 위에 네가 앉아 나는 키가 자라지 않아. 유리 구두를 신고 양들을 쫓고 토끼에게 풀을 먹이는 일도 이제 지겨워. 혼자서도 부는 바람이 될래.

머리카락만큼 귀가 자라면 조금조금 오려볼까. 피아노 건반 수만큼 밥을 먹으면 엄마는 문을 두드릴까. 달콤한 사과에 나는 영영 잠들고 왕자님이 스윽 나타나 그 짓을 하고 예쁜 아이를 낳으면, 이름은 글쎄, 알프스 소녀 하이드?

집을 나오길 잘했어 태양아. 맑은 샘물을 마시니 내 안에 물소리 출렁거려. 오늘은 인형의 거리로 가야지. 날 알아보는 인형이 없는 길을 따라 손가락도 빨며 휘파람도 불어야지.

꽃들이 뜨겁게 피어 있어. 어쩌다가 예쁜 꽃들은 피었다 졌다 하는지, 지겨울 텐데. 바람에 몸을 실은 꽃들은 어디까지 날아갈까. 가장 뜨거울 때 지는 꽃의 체온은 몇도?

초원을 걷다 마법에 걸린 왕자님을 만났어. 하루 종일 병 속에 두고 왕자님만 기다렸는데 다음 날도 그다음 날도 개구리. 제길.

도로시가 찾아간 에메랄드빛 도시, 오즈의 마법사는 있을까. 회오리바람 불어 짚으로 만든 허수아비와 나무꾼을 만나면 뭐라 인사하지? 안녕, 난 착한 마녀야. 그러니 좋은 말 할 때 돈 내놔.

아, 너무 멀리 왔어 태양아. 이제 집은 보이지 않아. 잠든 양의 울음소리도 들리지 않아. 술래잡기하던 어린 양도 출렁이는 샘물도 여긴 없어. 태양아, 마법의 태양아. 오오, 시간을 돌려줘.

* 미하엘 엔데 『마법의 설탕 두조각』에서.

물병들을 위한 시간

저녁 수평선의 시계(視界)는 어둡다.

간혹 눈동자에서 물고기 울음소리 들릴 때
계절은 당신을 떠난다.

잠든 물속을 뒤적여
자신의 눈알을 찾는 자는 외롭다.

누구도 자신의 영혼이 외계(外界)에서 정박 중이거나
가라앉고 있다고 생각지 않지만
눈동자에 흐르는 울음은 천천히 자신의 몸속을 떠도는 것이다.

창문에 바다가 붙어 있다.
불 꺼진 방의 아이들은 물속을 건너온 아이들,
불을 붙이면 지도에서 사라진 물속 마을을 찾아 출렁이며 날아간다.

파도와 파도 사이
눈동자와 눈동자 사이
손가락과 손가락 사이

떠도는 방파제에서 아이들은
서로의 입을 벌려 파도 소리를 꺽꺽 토해냈다.

물병 속에
겨울 행성이 담겨 반짝이며 얼어가고
누구도
자신의 손금을 모두 이해할 수는 없었다.

오늘은 중요한 날

오늘은 중요한 날, 비가 오지
우산 속으로 아이들은 모여 참새처럼 재잘대지
어른들은 그저 휘파람 불거나 애인의 귀에 바람의 숨결을 흘려보내고

도서관에서 빌려온 『그녀의 방』에 그녀는 없지
재빨리 벗어놓은 꽃무늬 팬티가 세탁기를 빙글빙글 돌며 노랑 꽃을 피우지

다시 말해 오늘은 중요한 날
어른들은 키가 더 커지고 목소리는 상냥히 빗물에 젖지

젖은 머리카락을 기울이면
귓속에 고인 음표들은 천천히 흘러나와
죽은 애인을 찾아가지

깜박거리는 음표에 맞춰 눈알은 잠들지도 않고
꿈을 꾸지, 차분하게 잘린 혀들의 대화

들려도 안 들려도 잠은 들지

다시 말해 오늘은 중요한 날
비가 오고 빗방울만 바쁘게 떠다니지

주사위 구르는 밤의 탁자

주사위가 구르고
눈알 셋이 나오고 해가 떨어진다
아홉은 두개의 주사위가 필요해
야맹증의 눈알을 끼운다

탁자를 두드리자
바람 불고 양초가 꺼지고
유령이 나타난다

유령은 그림자만 가지고 있지
흑백의 표정만으로 탁자는 진지해지지

머리맡에 가위를 두고 잠들면
눈먼 유령이 된다는데
자신의 긴 머리카락을 잘라
먼바다로 가는 배를 만든다는데
당신의 눈동자에 띄워준다는데

눈동자에 우는 물결
물결을 타고 잠드는 눈동자

두개의 주사위가 구르고
번개가 치고
덜 자란 이가 흔들리고
탁자가 살짝 기운다

다섯은 행운이야 아홉은 너무 멀지

탁자를 탁탁 두드리자
여섯 눈알이 나오고
유령이 일어선다
길을 잃을지도 모른다

폴란드 연가

잠 속에 빗소리 듣습니다
피가 그리워 송곳니는 자라고
희고 가는 목덜미 찾아 거리로 나옵니다
허공을 채우는 빗소리
눈동자에 떠도는 유령들
낡은 교회 종탑에 매달린
죽은 새의 울음소리
귓속을 데웁니다
천천히 말라가는
입술의 고요만 기억할 뿐인데
바람은 왜 이리 음산하게 불까요
저음의 첼로처럼 골목이 기웁니다
빗물이 차오르는
백년 동안의 고독처럼
빗소리 금이 갈 듯 울고
검은 망또에 남은 게 피 냄새뿐인데
귓속을 만지는 게 바람 소리뿐인데
열을 잃은 무덤처럼

누구의 젖은 저녁을 만날까요

머리를 풀고
새들이 날아간 잿빛 저녁
광장에 부는 소음과 벽돌 냄새
처음으로 돌아올 수는 있는 걸까요
잠 속처럼 가라앉는 여기는
잠의 끝이라
잠들 곳이 어딘지도 모르는데
피가 응고되지 않는 하늘
추위는 몰려오고
바르샤바, 바르샤바,
나무들은 웅크려 잎을 뿌려대는데
눈동자에 차오르는 하얀 목덜미
피가 그리워
송곳니는 자라고

옴(Ω), 음(陰)

밤의 꼬리가 길다

성해(星海), 누군가를 기억하기 위해
모래밭에 신발을 묻어둔다

어디의 소리일까
어디까지 날아갈까
옴……
음……

소리는 가족 같아
손 흔드는 애인의 굽 높은 구두 같아
모였다 흩어졌다 달아나며
혼자 부르는 노래일까
노래는 왜 소리를 가질까
옴……
음……

신발은 어디 갔을까
발목이 가라앉기 전
소리가 잠들기 전
입술은 무거워지는데
입안에서 소리는 왜 자라는 걸까
입술의 문양은 왜 푸르게 잠겨만 있을까
입안에 고여 있기만 했는데
아, 하고 입을 열면 도굴당한 울음이 쏟아질까봐,
성해가 쏟아질까봐

소리가 돌아올 때까지 잠들면 안되겠지
입안에서 뒤척이는 소리를 들으며
입술이 생길 때까지

어디까지 날아가는 걸까
옴……
음……

전생을 노래하는 히프노스

이경수

죽은 새의 노래

여기 어둠과 죽음과 전생 가까이에서 노래하는 이가 있다. 밤의 아들이자 죽음의 동생인 히프노스(Hypnos)의 현신이라도 되는 듯 그는 어둠 가까이에서 죽음을 노래하고 유령을 호명하며 다른 생에 대해 노래한다. 전생과 이생과 후생을 넘나들고 실상과 가상을 자유자재로 오가며 자신이 보고 듣고 경험한 것들을 풀어놓는다. 공간 이동이나 시간의 착란은 예사롭게 일어난다. 『무중력 화요일』은 이 세상의 것이 아니지만 언젠가 우리가 보았을, 이생이 아니라면 전생에서라도 눈에 담았을 몽환적인 풍경으로 우리를 이끈다. 그 풍경은 매혹적이어서 종종 어디에선가 길을 잃게 된다. 히프노스가 살던 림노스 섬의 어둡고 안개 낀 동굴을 지나면 레테 강이 흐른다는데, 그 때문인지 그의 시를 읽다 보면 깜박 길을 잃거나 지나온 시간을 놓치게 된다. 부드러운 침대에 누워 꿈을 부르는 일을 하는 아들들에게 둘러싸여 있다고 하는 히프노스의 모습은 잠의 현신처럼도 보이는데, 부드러운 잠자리만큼이나 몽환적인 이미지들이 김재근의 첫 시집에서 피어오른다. 그의 시를 읽는 일은 시인의 꿈을 몰래 훔쳐보는 일과 같다.

전생 혹은 꿈의 세계로 우리를 안내하는 것은 죽은 새이다. “밤마다 죽은 새의 영혼이 작은 창에 머물다”(「왼쪽으로 기우는 태양」) 가면 이곳의 것이 아닌 시간 속으로 불쑥 우리의 몸이 옮겨놓인다.

> 물갈퀴를 달고 달리는 사람은 외롭다. 가축의 눈을 들여다보면 전생을 건너온 물결이 찰랑인다. 내 팔은 오래전 무엇이었을까. 가려워 팔을 흔들면 겨드랑이에서 쏟아지는 종이비행기.

> 밤하늘은 음악들로 반짝인다. 바람의 습기는 낮고 흐리게 흔들려 우린 지하로만 달리는 기차 레일 소리에 맞춰 잠들지. 차창마다 벌레의 울음을 싣고 신전의 문을 두드리지.

너희는 벌레로 왔으니
두꺼운 얼굴과 수염이 필요하겠군
입을 벌려 너희는 나의 말을 받아먹어라

—「왼쪽으로 기우는 태양」 부분

『무중력 화요일』의 맨 앞에 실린 이 시는 시집 전체를 관통하는 열쇠와 같다. '죽은 새, 밤, 전생, 음악, 지하, 잠, 벌레, 물속' 같은 말들은 시집에서 여러차례 등장하는 시어이다. 김재근의 시는 밤, 죽음, 전생, 꿈과 친연성을 가지고 있는데 그 세계로 우리를 인도하는 것은 "죽은 새의 영혼"이다. 죽은 새는 이승에 붙박여 있는 새가 아니어서 죽음과 삶의 경계를 자유롭게 넘나든다. 죽은 새의 영혼이 전생의 이야기를 들려주므로 전생을 건너온 물결이 찰랑인다. 태양이 왼쪽으로 기우는 시간은 어둠에 가까워지는 시간, 즉 잠 속으로 빠져드는 시간이다.

"유리창에 남긴 입김은" 죽은 새의 영혼이 남긴 것으로 "지울수록 선명하"다. 꿈도, 꿈처럼 기억되는 전생도 유리창에 남긴 죽은 새의 입김처럼 지울수록 선명해진다. "불빛에 밤이 희석되"듯이 실상과 가상이, 현실과 비현실이 희석되어 흐려진다. "멀지 않은 곳에서 인디언들은 천막을 치고, 푸른 연기가 피어올랐다." 심지어 그 "연기는 몹시 매웠다." 김재근의 시에서 그리는 꿈 혹은 비현실은 이처럼 또

렷이 체험되는 감각을 동반한다. "전생을 건너온 물결이" 지금, 여기에서 찰랑이므로 "내 팔은 오래전 무엇이었을까"가 궁금해진다. 그의 시에는 전생에 대한 이해가 있다.

"지하로만 달리는 기차"를 타고 가다 잠들면 "수면 아래"가 보인다. 그것은 전생 혹은 무의식을 공간화한 비유이다. 밤에 속한 그들은 "태양이 오를 때까지" "가축의 손을 잡고 짐승의 눈빛으로" 걷고자 한다. 지하로만 달리는 그들은 "차창마다 벌레의 울음을 싣고 신전의 문을 두드"린다. 가장 낮고 하찮은 벌레의 몸으로 높고 성스러운 신전의 문을 두드리는 행위는 시 쓰기에 대한 적절한 비유이다. 이탤릭체로 쓰인 신의 목소리를 빌리자면, 벌레로 온 너희는 '나의 말', 즉 신전의 언어를 받아먹을 것이다. 어쩌면 시의 언어는 벌레로 와서 신의 말에 다다르고자 하는 언어일지도 모른다. 가장 낮은 속성과 가장 높은 속성을 동시에 품고 있는 언어. 가장 낮지만 또한 가장 높은 언어. 낮은 데서 왔지만 높은 곳을 지향하는 언어. 그것이야말로 김재근의 시가 다가가고자 하는 시의 언어가 아닐까.

눈동자에 유배된 영혼

"차고 어두운 음역"(「왼쪽으로 기우는 태양」)인 물속 혹은 무의식에 들어가는 순간 시적 주체가 마주하는 것은 '눈동자'이다. "잠든 물속을 뒤적여/자신의 눈알을 찾는 자는 외롭다."고 그는 고백한다. 간혹 그는 눈동자에서 "물고기 울음소리"를 듣기도 한다. "누구도 자신의 영혼이 외계(外界)에서 정박 중이거나/가라앉고 있다고 생각지 않지만/눈동자에 흐르는 울음은 천천히 자신의 몸속을 떠도는 것"이라고 말한다. 다른 생의 흔적을 기억하고 있어서 눈동자에는 이따금 울음소리가 들리고 울음이 흐른다. "누구도/자신의 손금을 모두 이해할 수는 없"(「물병들을 위한 시간」)듯이, 자신이 기억하지 못하는 시간이 눈동자에 남아 있을 수 있다.

외계의 시간

태어나지 말아야 할 밤이 연속으로 온다
그림자에 대해 지금은 할 말이 없다
행성이 반짝이는 건 물속에 자신의
그림자를 숨기기 위한 것
늪에 스며든 그림자는 외계였다가
짐승의 젖은 발굽 소리였다가
물 위에 흐르는
검은 해파리의 울음이기도 하다
영원히 완성되지 않는 예감 하나
아무도 모르게 조용히

눈동자는 울음을 번식시킨다

(…)

예감 하나
바람이 사나운 건
물속에 오래 누운 사람의 눈동자에 고인
울음을 꺼내기 위한 것

잠수복을 입고 잠든다

언 눈동자에 바람의 유언이 기록된다

—「물로 빚은 우주」 부분

언젠가 시적 주체가 겪었을 다른 생을 그의 몸은 이미 잊었어도 눈동자에는 그 기억이 남아 있다. 언 눈동자에 전생의 시간과 공간이 기록된다. "죽은 새에게 저녁의 안부를 묻는" 그 시간, "울음이 아름다워" "지구 저편이 물들고" "자신이 한 말은 돌아와/제방을 떠도는 바람이 된다". 한번 발을 들이면 빠져나오기 힘든 늪처럼 전생과 이생과 후생은 모두 연결되어 있다. 인과관계로 연결되지 않을 것 같은 상황이 인과관계로 맺어지고 서로 무관해 보이는 존재들이

나란히 놓인다. 현생의 질서와는 다른 질서와 관계가 외계의 시간에선 형성된다. "아무도 모르게 조용히" "울음을 번식시"키는 눈동자처럼 시간의 질서가 바뀌어도 눈동자의 기억은 남는다. '우포'라는 부제로 보아 우포늪에서의 체험이 이 시의 원천이 되었겠지만 시인이 구축하는 세계는 우포늪이라는 실재에 갇히지 않는다. 그곳은 "발이 닿지 않는 세계"이자 "죽은 요정의 세계"이며 "보이지 않는 눈동자의 세계"로, "물로 빚은" 하나의 우주이다. "물속에 오래 누운 사람의 눈동자에 고인/울음을 꺼내"고 "언 눈동자에" 기록된 "바람의 유언"을 읽어내는 일이야말로 시의 사명이 된다.

어머니는 면도칼을 씹으며 나에게 겁을 주었고 여동생은 목 없는 인형을 가지고 놀았다. 여동생의 송곳니는 더 이상 자라지 않았고 목사님의 성대는 찬송가만큼 아름다웠다.

내가 사랑한 인형의 목은 어디 갔을까. 찬송가를 부르며 인형의 다정한 손을 잡아주었다.

—「내가 사랑한 인형의 목은」 부분

인디언들은 새해가 되면 사랑하는 사람의 손톱을 땅에 묻어준다는데, 내가 묻은 인형들 모두 안녕한지. 부러진 왼팔을 흔들며 잘 가. 안녕.

—「여섯 웜홀을 위한 시간」 부분

김재근의 시에서 '인형'은 유소년기를 환기하는 매개로 등장하는데, 대개 목이 없거나 팔이 부러져 있다. 유소년기는 그에게 기형의 시간으로 기억된다. 아마도 그것은 "어미에게 버려진" 유기의 상상력과 관계있을 것이다. 그의 시에 지독히 드리워진 어둠의 원천은 어미로부터 버려졌다는 인식에서 기인한다. 그러므로 그는 자신의 근거를 안드로메다에서 찾고 "나는 안드로메다에서 추방당한 몸"이라고 자각한다. 그곳은 "*나의 어두운 사랑 안드로메다*"(「안드로메다 교실」)일 수밖에 없다.

「내가 사랑한 인형의 목은」에서 "빼빼 마른 딸" "교회 첨탑" "작두" "면도칼" "송곳니" 등 날카롭고 뾰족한 것의 연쇄는 절단의 상상력을 동반하고, 여동생이 가지고 놀던 인형은 "목 없는 인형"으로 그려진다. "내가 사랑한 인형"의 잘린 목은 행방불명되었다. 어딘가 두고 온 목에 인형의 눈알이 붙어 있을 것이며 눈알에 기록된 흔적이 어디선가 다른 생을 펼쳐놓고 있을 것이다. 아버지는 "방부제를 먹고" 주무시고 나는 "통성기도를 하며 엄마의 빼빼 마른 손목을 자른다." 그러자 "나의 말은 이제 천상의 말이 되었다."(「달을 든 해안선」)

세번 안에 끝내기로 한다. 더 추워지기 전. 비어가는 눈알을 꺼내 세번 흔든 후 다시 넣어둔다. 풍경이 흐리다. 눈알에 끼인 사람들.

(…)

버림받은 자는 집시의 영혼을 가진 자
당신은 시(詩)라는 음서(淫書)를 눈동자에 번식시켰군.

—「월광 탱고」 부분

'죽은 자 가운데 사흘 만에 일어날 수도'라는 부제로 인해 예수의 부활을 연상시키는 이 시는 "세번 안에 끝내기로 한다."라는 주술의 언어로 시작된다. '3'이라는 숫자는 전래동화에서 관습적으로 쓰이는 숫자로 소원성취의 의미를 나타낸다. 첫번째 두번째의 시도가 실패로 끝나고 세번째 시도에서 해피엔드를 맞이하는 것이 일반적인 동화의 공식이다. 예수의 부활에도 사흘이 걸렸고 시적 주체의 행위에도 세번이라는 주술이 걸렸다. "비어가는 눈알을 꺼내 세번 흔든 후 다시 넣어"두자 "눈알에 끼인 사람들"이 비로소 보이기 시작한다. "나는 물속을 걸어 또 하나의 젖은 그림자를 꺼내 눈 속에 숨긴다." 눈 속에는 그렇게 다른 생이 유폐

된다. "지전(紙錢)을 태우는 연기"는 "산 자가 죽은 자에게 날리는 마지막 악보"로, 지전을 태우고 작두를 타면서 산 자와 죽은 자가 교통한다. 그리고 멀리서 자신의 죽은 이름을 부르는 목소리가 들려온다. 달빛 아래서 추는 탱고처럼 혼미하게 전생과 이생이, 삶과 죽음이 엉킨다.

"버림받은 자는 집시의 영혼을 가진 자"로서 시인의 다른 이름이기도 하다. "시(詩)라는 음서(淫書)를 눈동자에 번식시"킨 이 영혼들은 "유배된 영혼을 찾아 물속 겨울을 여행 중이다." 물속에서 눈동자를 찾던 시인은 눈동자가 바로 물속임을 깨닫는다. 더 깊이 가라앉아야만 찾을 수 있는 눈동자는 바로 무의식의 현현이다. 그는 "다리에 돌을 매달고 잠든다." 깊이 가라앉는 잠은 죽음과도 같아 다른 생으로 그를 이끈다. "눈을 뜨면 낯선 곳에서 늙은 무녀가 자신의 명부를 들여다본다." 시적 주체는 늙은 무녀와 해야 할 일이 많은데, "그녀는 귀신만 보"므로 '나'를 보지 못한다. '나'는 후회의 말들만 늘어놓을 뿐 내 입술과 그녀의 입술은 만나지 못하고 "내 입술은 그녀의 사라진 눈동자를 찾아 검은 우주를 떠"돈다. "달 위를 걷는 집시"처럼 시적 주체는 "탱고처럼 사분의 이 박자로 흔들리기로 한다." "세번 안에 끝내기로 한다."라는 주술의 언어로 시작된 시는 "사분의 이 박자로 흔들리기로 한다."로 끝을 맺는다. 그것은 결심의 언어이되, 리듬에 몸을 맡기는 자유의 언어가 된다.

환(幻), 아름다운 착란의 시간

프로이트는 창조적 상상력이란 실제로 어떤 것을 발명해내지는 못하고 단지 낯선 요소들을 결합할 수 있을 뿐이라고 했다. 이에 대해 로지 잭슨은 환상은 초월적인 것이 아니라 이 세계의 요소들을 전도시키는 것, 낯설고 새롭고 절대적으로 다른 어떤 것을 산출하기 위해 그 구성 자질들을 새로운 관계로 재결합하는 것과 관련되어 있다고 해석한다. 김재근의 시가 그려내는 환상 또한 초월적인 어떤 것에 국한되어 있지 않다. 낯익은 이 세계의 요소들을 전도시켜 낯설고 새로운 관계로 재구축해내는 데 탁월하다는 점에서 그의 시는 환상의 핵심을 관통하고 있다.

고요해지는 거울 속 눈보라
고요해지는 화요일
눈보라 안 눈보라
소리가 잠드는

지금 내리는 눈보라
어쩌면 아직 태어나지 않은
하늘을 걸어

지금 내리는 눈보라
내가 아는 눈보라
입안의 눈보라

—「화요일의 눈보라」 부분

김재근의 시에는 '눈(目)'과 '눈(雪)'이 지배적인 이미지로 등장한다. '눈동자'가 응시와 기억의 임무를 부여받은 데 비해 '눈보라'는 환상으로 이끄는 배경이자 장치가 된다. 작고 하얀 것들의 무리가 일어나는 눈보라의 광경은 그 자체로 환상적이어서 현실의 것이 아닌 느낌을 자아낸다.

"화요일의 눈 속으로/눈송이 쏟아지는/눈보라의 시간"은 눈 속의 눈이 거듭 쌓이는 시간이다. "눈 속의 눈"이 쌓여가는 적설의 시간은 "눈보라의 시간으로" 우리를 이끈다. 길고 느린 "눈보라의 표정"은 어딘가 화요일과 잘 어울린다. 월요일만큼 분주하지 않고 고요하고 평화로운 화요일. 한없이 오래, 느리게 눈보라가 흩날린다. 화요일이 계속되고 눈보라가 멎지 않을 것 같은 시간이 고요히 흐른다. "지금 내리는 눈보라"는 "아직 태어나지 않은/하늘을 걸어"와 내리는 것이다. 전생을 통과해온 눈보라. 그러므로 그것은 "내가 아는 눈보라"다. 화요일의 눈보라는 고요한 잠 속으로 우리를 유혹한다.

어디쯤일까, 닻은 가라앉는데 바닥이 없네, 잠은 오는데 눈동자는 감기지가 않아, 눈꺼풀 위에 네가 앉았다 날아가고, 물결의 떨림만으로, 물결에 잠든 입술만 생각할래, 날 기억해줄래, 조금씩 가라앉는 속눈썹이 눈동자를 파고들어, 이제 너만 보여, 장미의 혈액을 나눠줄까, 가시가 닿아 아프지만 조금만 참아줘, 오늘밤은 내가 너의 기억이잖아, 낯선 창가에 핀 몽상이라 생각해줘,

—「물속 눈보라」 부분

눈보라는 몽상의 시간을 동반한다. "닻은 가라앉는데 바닥이 없"다는 것은 혼곤한 잠에 빠져들기 전 한없이 까라지는 몸의 상태를 비유한다. "잠은 오는데 눈동자는 감기지가 않"는 비몽사몽의 시간에 찾아드는 것은 너의 흔적이다. "눈꺼풀 위에 네가 앉았다 날아가고, 물결의 떨림만으로," "물결에 잠든" 너의 입술이 감지된다. 이제 눈동자엔 너만 보이고, "내가 너의 기억"이 된다. "낯선 창가에 핀 몽상"은 혼곤하고 따뜻한 느낌으로 피어오른다. "달빛이 폐각을 맴돌고 귓가엔 따뜻한 모래들이 흘러내려, 빨간 입술 위로 장미 넝쿨이 우거"질 때 아름다운 몽상은 완성된다. 비로소 나는 너의 기억이 된다. 물속 눈보라는 그렇게 서서히 젖어들며 혼곤한 잠 속으로, 낯선 몽상 속으로 우리를 이끈다.

아직 태어나지 않은 나의 요람도
깜깜한 밤으로,
푸른 연기의 바깥을 미행하지

향 하나를 피우면 전생이 돌아오고
밤의 검은 창문 너머
활을 켜며
아이들이 하나씩 별을 건너갈 때
시간을 가두었던 울음이 마저 풀리지
바람은 색을 바꾸고 입술을 찾아오지

언니의 희고 긴 다리가 그립지만
오늘밤은 아쟁을 타고 심해로 심해로, 입술은 휘파람 불며 말라가

—「아쟁을 타고 가는 나타샤」 부분

백석의 시에서 '나타샤'는 낭만적 사랑이라는 환상을 완성하는 이상적인 여인으로 그려진 바 있는데, 김재근의 시에서도 '아쟁을 타고 가는 나타샤'는 환상을 빚어낸다. 전통 현악기인 아쟁과 이국적인 여인 '나타샤'가 만들어내는 이질적인 조합이 낯선 환상을 불러오며, 마치 빗자루를 타듯 '아쟁을 타고 가는 나타샤'의 모습과 함께 아쟁을 타는

소리를 동시에 환기한다. 저음으로 길게 울려퍼지는 아쟁 소리는 신비로운 환상 속으로 우리를 이끈다. 아쟁 소리는 나른하게 잠으로 빠져드는 비몽사몽의 감각을 표상한다.

"나타샤를 태우고 나의 태양은" 멀리 흘러가고 시적 주체의 잠은 깊어간다. "뒤척일 때마다 거꾸로 매달린 사람이 후생으로 뛰어내"린다. 잠자리의 뒤척임이 다른 생으로 시적 주체를 이동시킨다. 마치 불연속적인 꿈의 비약을 닮았다. "눈을 가리고/죽은 새의 언어를 모두 이해할 때" 전생은 "물속" 같았다가 "그림자" 같았다가 "식은 입술" 같아진다. 비로소 온전히 전생의 몸을 얻은 것이다. 시적 주체는 "수면 위를 걷는 그림자가/물 밑에 두고 온/자신의 울음소리 같"다고 생각한다. 무의식 혹은 전생의 심연에 자신의 울음소리를 두고 왔으므로 "입을 벌리면 검은 밤이 쏟아"진다. 밤마다 그는 두고 온 울음소리를 찾아 수면 위를 걷게 될 것이다.

환상의 풍경 속에도 '고양이'와 '접시'와 '언니들'이 등장하지만, 고양이와 접시는 날아가고 행성은 저물고 언니들은 울어야만 한다. 익숙한 것들이 낯선 조합을 만들어내며 환상은 음악을 타고 피어오른다. 비눗방울이 눈동자로 변이되고, 눈동자에 장미 넝쿨이 피어나고, 컴컴한 장미의 눈 속으로 기차가 달려오고, 차창에는 바비 인형이 흔들리는 목을 내밀고 있다. 이처럼 풍경은 서로를 빨아들이고 이동시킨다. "아직 태어나지 않은 나의 요람도/깜깜한 밤으로" 향하고, "향 하나를 피우면 전생이 돌아"온다. 요람과 죽음이 공존하고 이생과 다른 생이 순간 이동하는 세계. 그곳에 '아쟁을 타고 가는 나타샤'가 있다. '나타샤'는 "언니의 희고 긴 다리"에 대한 그리움을 뒤로하고 "오늘밤엔 아쟁을 타고 심해로 심해로," 나아가 신비로운 환상을 완성한다.

귀는 맑아져
백년 전의 양들과
백년 후의 내가 만나고
양들과 내가 강물에 가라앉아
반짝이는 물속에서
나와 양들의 귀는
백년 동안 울던 귀를 열고
귀 안의 울음을 캐고 있었지

귀가 더 깊어지기 전
귀가 더 넓어지기 전

귓불에 닿는 눈보라
귓불에 닿는 눈보라

눈보라 닿는 귓불의 무늬를 주워
하늘로 올려 보냈지
감은 눈이 하얗고 나의 목소리는
양의 목소리 같아
서로를 알아볼 수 없을 때
백년 후와 백년 전이 함께 돌아오고
나는 양들의 손등을 핥고
양들은 나를 끌어
눈보라 내리는 강가로 나가
물을 먹여줬지

—「잠든 양들의 귓속말」 부분

잠들기 전 자리에 누워 양 한마리, 두마리를 하염없이 세어본 경험이 있을 것이다. 무리 지어 있는 양의 이미지는 혼곤한 잠을 연상케 한다. 잠의 세계로 진입하면 물과 양과 눈보라와 눈동자와 물고기 울음이 하나의 풍경을 구축한다. "양들은 내게 기대고/나는 양털에 귀를 묻고" 강가에서 잠을 자는 풍경 속으로 눈보라가 내린다. 푹신푹신하고 하얗고 많은 양의 이미지, 혼곤한 잠과 눈보라의 이미지는 서로 닮았다. 잠든 귀가 "눈동자가 하얀/물고기 울음을 듣"는 순간, 시간의 착란이 일어난다. "양들은 백년 전부터 울었고/나는 백년 후에 죽었는데" 눈보라는 이제 내린다. 눈보라가 "흐리게 돌아"오고 "백년 전의 말을" 하면서 백년 전의 시간과 백년 후의 시간이 뒤섞인다. 시간의 순서가 헝클어지고 인과 관계가 엉키고 착란이 일어난다. 혼몽한 잠 속에서 "나와 양들의 귀는/백년 동안 울던 귀를 열고/귀 안의 울음을 캐고 있었"다. 귓불에 눈보라가 닿고 마침내 "나의 목소리는/양의 목소리 같아/서로를 알아볼 수 없"게 된다. 바로 이때 "백년 후와 백년 전이 함께 돌아오고" 나와 양은 서로 역할이 뒤바뀐다. "나는 양들의 손등을 핥고/양들은 나를 끌어/눈보라 내리는 강가로 나가/물을 먹여"준다. 나와 양은 더이상 구별되지 않는 한몸의 상태에 이르게 된다. 백년 전 양들의 울음과 백년 후에 도착하는 울음을 동시에 들을 수 있는 경지를 김재근의 시적 주체는 꿈꾼다. 낯설지만 아름답고 혼곤한 꿈이 아닐 수 없다. 이렇게 다음 생에 대한 상상과 이전 생에 대한 기억으로 가득한 까닭에 지금 보고 경험하는 것이 그에겐 환(幻)이 된다. "나의 다음 생은 바람이거나 혹은 흔들리는 음악입니다."(「세개의 방」)라고 말하는 상상력이 그에겐 자연스럽다.

일찍이 카프카는 자신의 글쓰기가 "꿈과 같은 내면의 삶"을 묘사하는 일이라고 했다. 그는 깊은 밤 자신의 방에 틀어박혀 글을 쓰곤 했는데 이것은 자신을 꿈꾸는 이와 비슷한 정신 상태로 몰아가려는 시도였다고 한다. 잠들기 전 꿈은 깨어 있는 상태로 침입해 들어오는데 이런 중간 영역에 있을 때 자신의 작가적 능력을 온전히 의식하게 된다는 것이다. 김재근의 시가 보여주는 진경도 각성과 꿈이 공존하는 상태, 비몽사몽의 중간 영역을 아름다운 몽상으로 펼쳐놓는다. 꿈과 죽음 가까이에 있는 바로 그 경지에서 김재근의 시는 솟아오른다. 이 몽상의 이면에는 고독한 자기응시가 있다. 그의 작가적 응시가 어떤 새로운 진경으로 우리를 이끌지 앞으로가 기대되는 까닭이 여기에 있다.

李京洙 | 문학평론가

| 시인의 말 |

방은 어둡다
두드림 없는 방을 드나드는 그림자
그림자의 숨소리만 들린다
밤으로 뒤척이는 나의 방
창문이 없다
눈을 잃어야 보이는 밤의 그림자
창을 잃고야 들리는 바람소리
고요가 눈동자에 퍼렇게 번질 때
비가 온다
눈을 떠도 어두운 한낮인데
빌려 입은 한낮 그만 벗어야겠다
빗소리 떠다니는 무중력의 세계
그림자가 흘리는 피를 시라고 적는다

2015년 3월
김재근

창비시선 384
무중력 화요일

초판 1쇄 발행/2015년 3월 6일

지은이/김재근
펴낸이/강일우
책임편집/윤자영
펴낸곳/(주)창비
등록/1986년 8월 5일 제85호
주소/413-120 경기도 파주시 회동길 184
전화/031-955-3333
팩시밀리/영업 031-955-3399 편집 031-955-3400
홈페이지/www.changbi.com
전자우편/lit@changbi.com

ISBN 978-89-364-2384-1 03810

* 책값은 뒤표지에 표시되어 있습니다.